ZE

Yuki Shimizu

Yuki Shimizu
présente

ZE
vol. 1

SOMMAIRE

Chapitre 1 : la maison des kamis........03
Chapitre 2 : kami et kotodama............47
Chapitre 3 : demande en mariage.......81
Chapitre 4 : asari..115
Chapitre 5 : jusqu'à redevenir cendres..151
Bonus : j'ai besoin d'amour....................191

WAKI...
KON.
JE DOIS PRÉPARER LE REPAS ...
MAINTENANT ?
NON.
À PARTIR D'AUJOURD'HUI, CE NE SERA PLUS NÉCESSAIRE.
-ZE-
UN NOUVEL EMPLOYÉ EST ARRIVÉ...

Chapitre 1 : La maison des kamis.

VOTRE ATTENTION, S'IL VOUS PLAÎT...
JE VOUS PRÉSENTE RAIZÔ SHICHIKAWA,
IL VA VIVRE AVEC NOUS DANS CETTE MAISON...
J'ESPÈRE QUE VOUS LUI RÉSERVEREZ TOUS UN BON ACCUEIL.
ENCHANTÉ, JE SUIS RAIZÔ SHICHIKAWA ! JE SUIS APPRENTI CUISINIER.
JE N'AI PAS BEAUCOUP D'EXPÉRIENCE ALORS JE M'EN REMETS À VOUS !
T'ES SÉRIEUX, WAKI ?
UN NOVICE !?
EN PLUS, IL N'A PAS UNE TÊTE À S'APPELER «RAIZÔ» !
...

J'AI EMMÉNAGÉ À TOKYO DÈS QUE J'AI EU MON DIPLÔME...
C'EST MON VRAI NOM.
JE N'EN AI PAS L'AIR, MAIS JE SUIS VRAIMENT JAPONAIS.
POURQUOI DOIT-IL HABITER AVEC NOUS ?
IL N'A QU'À VENIR QUE DE TEMPS EN TEMPS.
ÉCOUTE...
SA GRAND-MÈRE EST MORTE IL Y A QUELQUES JOURS ET ELLE ÉTAIT SA SEULE FAMILLE...
IL A TOUT PERDU, MÊME SA MAISON À CAUSE DES DROITS DE SUCCESSION.
Il ne pouvait pas les payer...

ET PUIS... C'EST GENMA QUI L'A FAIT VENIR ICI.
On ne peut pas refuser...
CETTE CANAILLE...
IL JOUE LES AGENTS IMMOBILIERS VÉREUX ?
BON, ON N'A PAS LE CHOIX.
RAIZÔ ?
OUI !
ET VOICI MON ADORABLE POUPÉE.
JE M'APPELLE ÔKA MITÔ.
JE SUIS BENIO, BONJOUR...

EN... ENCHANTÉ !
UNE POUPÉE ? IL A LA MAIN SUR SES FESSES !
COMME VOUS M'HÉBERGEZ GRATUITEMENT ICI...
JE FERAI LA CUISINE, LE MÉNAGE ET TOUT CE QUE VOUS VOUDREZ !
LA CUISINE ?!
TU PEUX TOUT FAIRE ?
OUI !
MÊME LA GLACE ?
WAAAH...
OUI, JE SAIS FAIRE DE LA GLACE.
IL A L'AIR GENTIL ET MONSIEUR ÔKA AUSSI.
ILS ONT TOUS L'AIR SYMPAS.
HA
HA
HA
HA

AAAH ...
ON DIRAIT QUE TU PLAIS À KOTOHA...
C'EST PAS VRAI...
ÇA VA ALLER.
ET SI JAMAIS ÇA SE PASSE MAL...
TU POURRAS LE FAIRE TAIRE EN LUI INFLIGEANT UNE MALÉDICTION MORTELLE.
HEIN, KONOE ?
UNE MALÉDICTION !?
UNE MALÉDICTION MORTELLE !?
MOUAHAHAH...
しゃっしゃっしゃっ
HÉ !
JE SUIS KONOE.
ET CELUI QUI AIME LES GLACES, C'EST KOTOHA MITÔ.
RAVI DE TE CONNAÎTRE...
enchanté.

KON !
IL VAUT MIEUX QUE TOUT LE MONDE...
ET TOI ?
CONTINUE À VIVRE COMME D'HABITUDE.
Voilà.
«KON» ?
IL S'APPELLE KON ?
T'AS L'AIR MORT DE FATIGUE. TIENS, PRENDS ÇA !
AAAAH...
UN SAC DE COUCHAGE ?
TON FUTON N'EST PAS ENCORE ARRIVÉ.
ALORS TU VAS DEVOIR TE CONTENTER DE ÇA EN ATTENDANT, D'ACCORD ?
IL VA TE MONTRER LE CHEMIN.
Ah.
AU FAIT, TU DORMIRAS DANS LA MÊME CHAMBRE QUE KON.
QUOI !?

QUOI !!?
GRAND-MÈRE...
...
TAP
TAP
DIS...
ON DIRAIT LE GENRE DE MAISON OÙ IL Y A DES FANTÔMES DE PETITS ENFANTS.

J'AI L'IMPRESSION...
QU'UNE NOUVELLE VIE EXALTANTE M'ATTEND.
QUAND J'ÉTAIS PETIT, UNE FOIS, J'EN AI VU UN CHEZ UN AMI.
ET TOI KON, ÇA T'EST DÉJÀ ARRIVÉ ?
JE VOIS TOUS LES JOURS DES CHOSES BIEN PIRES QUE ÇA...
HEIN ?
TAP
TAP

JE TE PRÉVIENS, IL Y A BEAUCOUP DE CHOSES DANGEREUSES DANS CETTE MAISON.
SI TU VEUX PARTIR, FAIS-LE TANT QU'IL EST ENCORE TEMPS.
...
TU ÉCOUTES CE QU'ON TE DIT !?
Idiot.
HÉ HÉ HÉ
Il est mignon
OUI, OUI !
MAIS ÇA VA.
Je n'ai jamais vu d'autres fantômes.
JE N'AI PAS DE DON POUR CE GENRE DE CHOSES.

ガチャッ
SKWIIIIIII
JE VOIS...
TU PEUX UTILISER TOUT CE QUI EST DANS LA CHAMBRE
À PART MON LIT.
À PLUS TARD.
AH ! KON ?!
EST-CE QUE TU AS ENVIE DE QUELQUE CHOSE EN PARTICULIER POUR LE REPAS ?
NON.
DE TOUTE FAÇON JE NE MANGERAI PAS...
ALORS NE TE PRENDS PAS LA TÊTE.
GRAND-MÈRE...?

EST-CE QU'ILS ME DÉTESTENT ?
SNIF
non ! je dois rester positif !
JE VAIS COMMENCER PAR PRÉPARER LE DÎNER !
JE VAIS CUISINER UN REPAS DÉLICIEUX POUR QUE TOUT LE MONDE M'ACCEPTE.
ET VOILÀ ! ♡
J'AI PRÉPARÉ UN REPAS POUR 7 PERSONNES !

excusez-moi.
WAKI !
LE REPAS EST SERVI !
MERCI.
COMMENCEZ SANS MOI.
JE VIENDRAI QUAND J'EN AURAI ENVIE.
Je suis désolé.
AUCUNE ENVIE DE BOUGER !
QUAND ON BOIT DU SAKE AVANT LE REPAS, ON PERD UN PEU L'APPÉTIT, C'EST NORMAL...
CHAMBRE SUIVANTE !
TOC TOC
ÔKA !
LE REPAS EST SERVI !

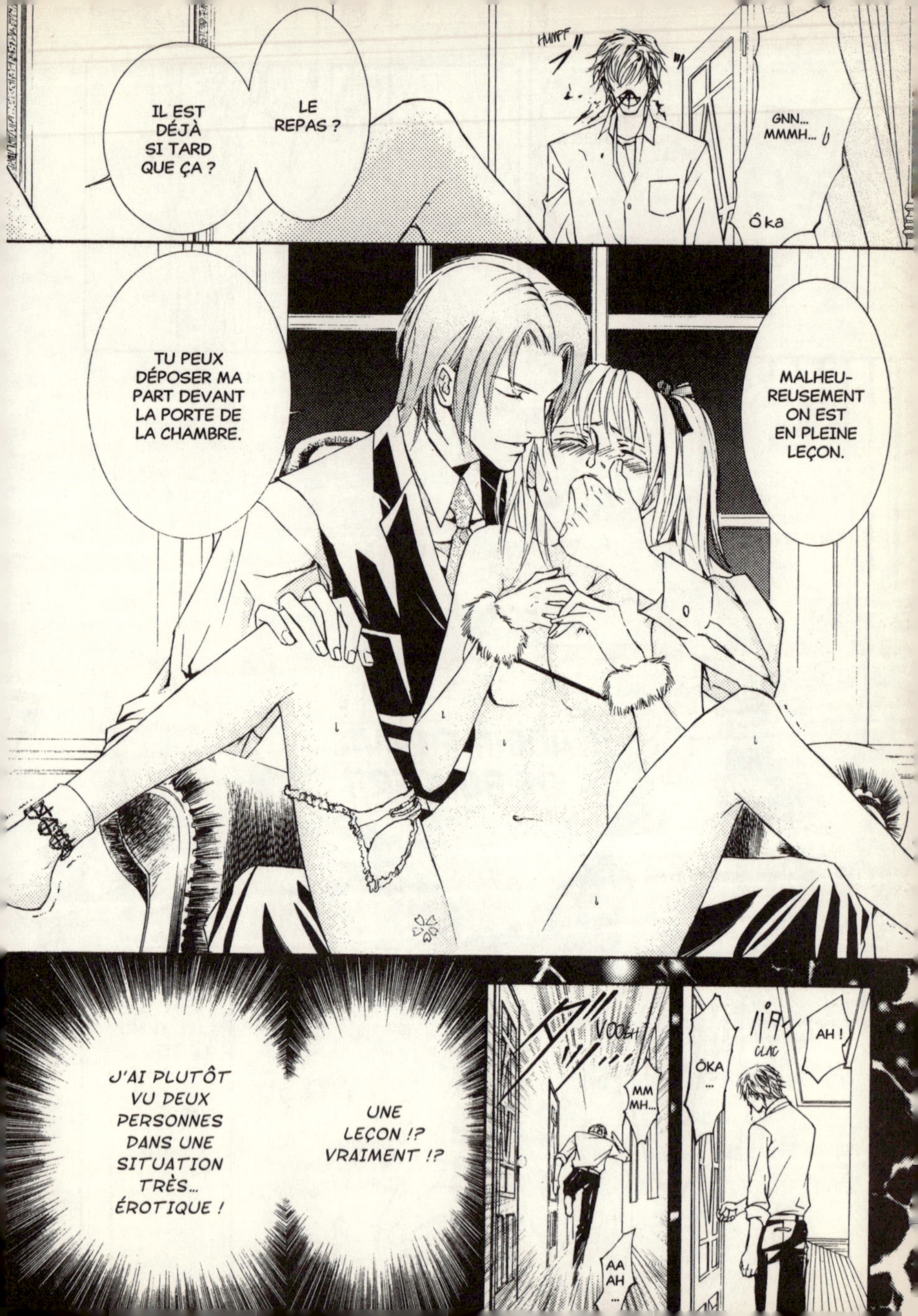
Ôka
GNN... MMMH...
HUMPF
LE REPAS ?
IL EST DÉJÀ SI TARD QUE ÇA ?
MALHEU-REUSEMENT ON EST EN PLEINE LEÇON.
TU PEUX DÉPOSER MA PART DEVANT LA PORTE DE LA CHAMBRE.
AH !
CLAC
ÔKA...
VOOSH
MM MH...
AA AH...
UNE LEÇON !? VRAIMENT !?
J'AI PLUTÔT VU DEUX PERSONNES DANS UNE SITUATION TRÈS... ÉROTIQUE !

GRAND-MÈRE...
TOKYO EST UNE VILLE ÉTONNANTE !
ヨロ
BRRR
ヨロ
BRRR
ah...
HÉ !
ON A DÉJÀ COMMENCÉ.
かっ
CROUNCH
かっ
CROUNCH
かっ
CROUNCH
AH !
VOILÀ VOTRE PART, KONOE.
VOULEZ-VOUS DU RIZ ?
NAN.

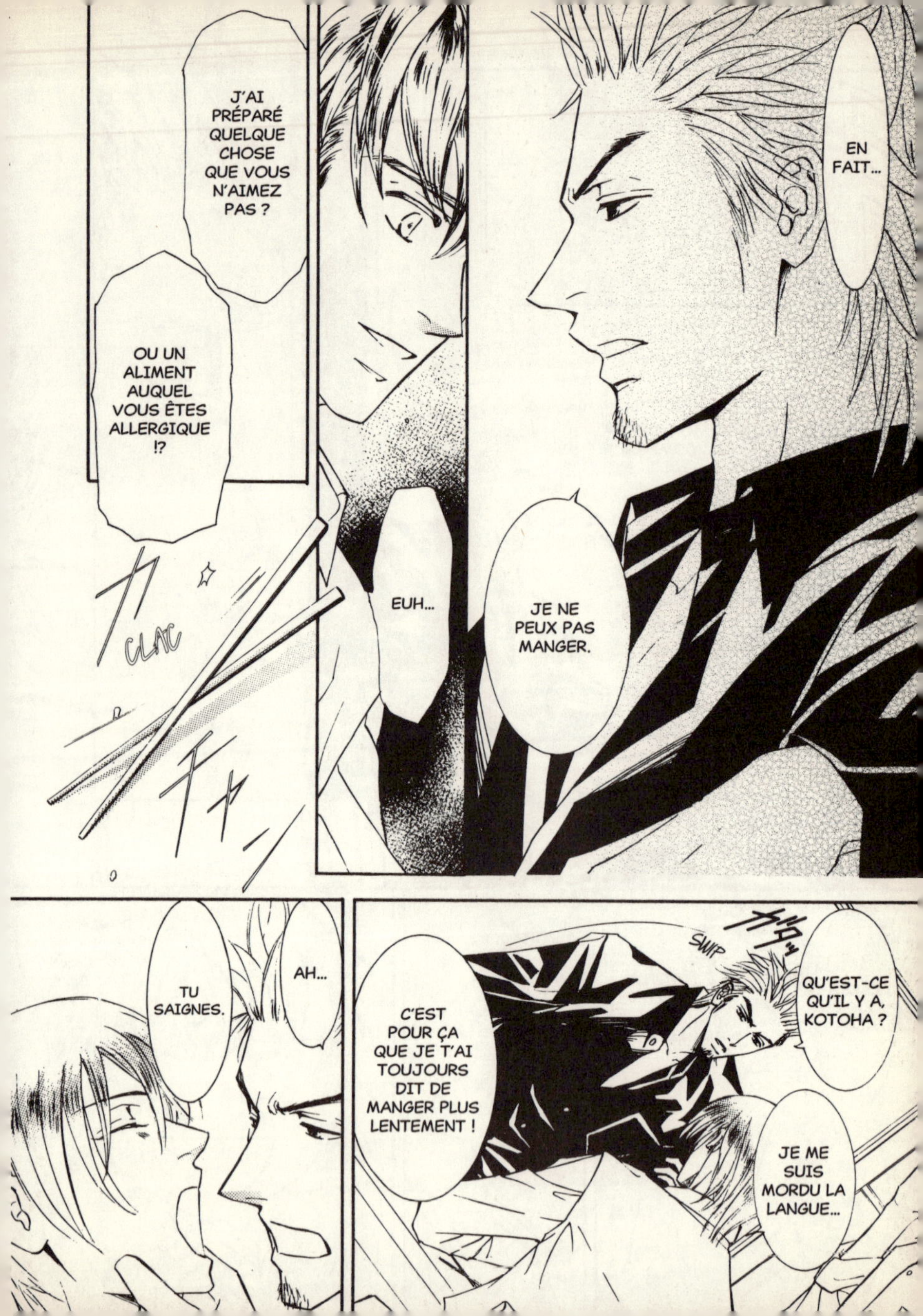
EN FAIT...
JE NE PEUX PAS MANGER.
EUH...
J'AI PRÉPARÉ QUELQUE CHOSE QUE VOUS N'AIMEZ PAS ?
OU UN ALIMENT AUQUEL VOUS ÊTES ALLERGIQUE !?
CLAC
SWIP
QU'EST-CE QU'IL Y A, KOTOHA ?
JE ME SUIS MORDU LA LANGUE...
C'EST POUR ÇA QUE JE T'AI TOUJOURS DIT DE MANGER PLUS LENTEMENT !
AH...
TU SAIGNES.

IL ESSAIE PEUT-ÊTRE DE PERDRE DU POIDS PARCE QU'IL EST SPORTIF.
TU VEUX QUE JE TE SOIGNE ?
OUI, KONOE...
PFF, TOI ALORS ...
EUH...
JE VAIS M'OCCUPER DE TOI.
MM MH...
!!!

HÉ LÀ...
KOTO ...
ぎゅっ
GWIP
KOTOHA !
PFFF...
ON NE VA PAS FAIRE ÇA DANS LA SALLE À MANGER.
スタスタ
TAP TAP
IL L'EMPORTE DANS SES BRAS.
COMME UNE PRINCESSE.
argh
...
Bon..
PEUT-ÊTRE QUE TU NE COMPRENDS PAS...
MAIS IL VA FALLOIR T'HABITUER À CE GENRE DE CHOSES.
POF

VOOSH
SALUT.
T'ES DU STYLE À MAL SUPPORTER L'EFFET DE SURPRISE, MON POTE ?
...
!!!
コトッ
POC
BON..
PRENDS DU THÉ, ÇA TE FERA DU BIEN.

EUH...
VEUILLEZ M'EXCUSER, MAIS...
QUI ÊTES-VOUS ?
JE SUIS LE RENARD.
SANS BLAGUE...
IL LAISSE TOMBER.
KLAM
TU AS PRÉPARÉ TOUT ÇA TOUT SEUL ?
impressionnant !
VOUS EN VOULEZ UN PEU !?
J'AIMERAIS VRAIMENT...
CEPENDANT...
AH...
CE N'EST PAS GRAVE.
JE PENSAIS QUE MON REPAS AURAIT PLUS DE SUCCÈS...

ET BIEN MANGE DONC !
NE TE SOUCIS PAS DE MOI, MANGE !
AAAH...
À table !
OOH...
TU ES JEUNE MAIS TU TIENS TES BAGUETTES DE FAÇON ADMIRABLE.
TU AS ÉTÉ TRÈS BIEN ÉDUQUÉ.
C'EST UNE CHANCE.
OUI, C'EST TRÈS BIEN.
TU ES JAPONAIS.
TU DOIS APPRENDRE À TENIR LES BAGUETTES CORRECTEMENT.

MAIS NE TE SENS PAS OBLIGÉ D'ÊTRE DOCILE.
TU ES TRÈS BIEN COMME TU ES.
SOIS TOUJOURS CORRECT.
SI TU RESTES HONNÊTE, LES GENS AUTOUR DE TOI T'APPRÉCIERONT TEL QUE TU ES.
OUI !
GRAND-MÈRE…
C'EST VRAI.

DIS...
QUAND EST-CE QU'ON AURA UN NOUVEAU CLIENT ?
AH... TU AS L'AIR PLUS MOTIVÉ À TRA-VAILLER...
QU'HIER.
BEN...
COMME ON A UN HOMME DE MÉNAGE MAINTE-NANT...
C'EST LA SEULE CHOSE QU'IL ME RESTE À FAIRE.
Vu que je n'ai pas de maître kotodama.

KON N'EST TOUJOURS PAS RENTRÉ.
L'HOMME AU MASQUE DE RENARD A DISPARU TANDIS QUE JE FAISAIS LA VAISSELLE.
QUI ÉTAIT-CE ?
C'EST UN MYSTÈRE...
QUOI QU'IL EN SOIT, GRAND-MÈRE...
JE VAIS DONNER LE MEILLEUR DE MOI.
DÈS DEMAIN !

OH !
BONJOUR !
VOUS ÊTES TRÈS MATINAL, KONOE.
MMH... J'AI DU TRAVAIL.
J'AI PASSÉ TOUTE LA NUIT AVEC KOTOHA.
TOUTE LA NUIT !?
Que...
QUEL EST VOTRE TRAVAIL ?
MMH ?
JE N'AI PAS EU UNE SEULE MINUTE DE REPOS.
DISONS QUE JE SUIS UNE SORTE DE CONSULTANT.
MALEDICTION & CO !
NOUS POUVONS DISSIPER VOTRE RANCUNE !
À L'AIDE DE MALEDICTIONS MORTELLES
TOUT EN PRÉSERVANT VOT
DES MALÉDICTIONS !?

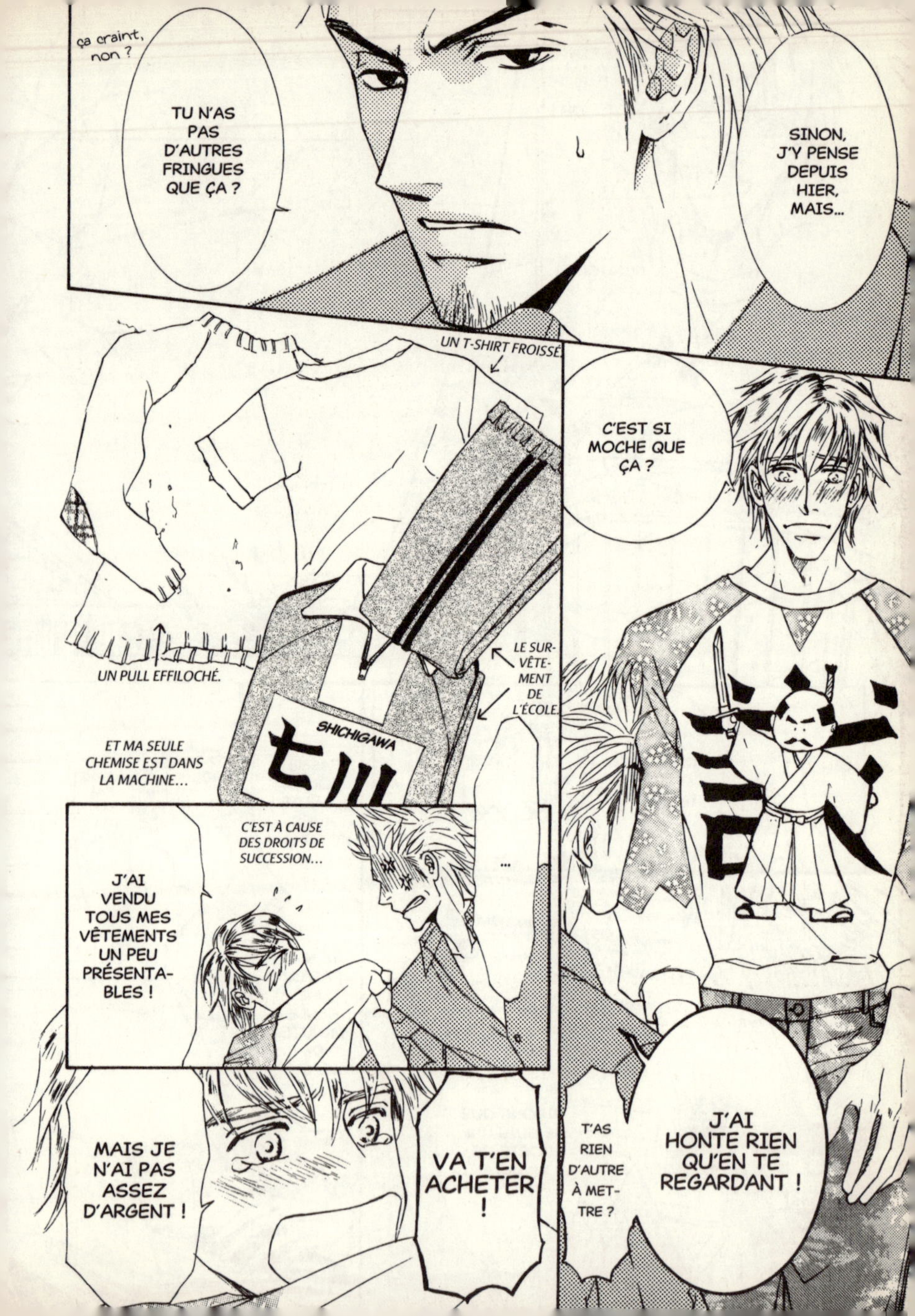
SINON, J'Y PENSE DEPUIS HIER, MAIS…
TU N'AS PAS D'AUTRES FRINGUES QUE ÇA ?
ça craint, non ?
C'EST SI MOCHE QUE ÇA ?
UN T-SHIRT FROISSÉ.
UN PULL EFFILOCHÉ.
LE SURVÊTEMENT DE L'ÉCOLE.
SHICHIGAWA
七川
ET MA SEULE CHEMISE EST DANS LA MACHINE…
…
C'EST À CAUSE DES DROITS DE SUCCESSION…
J'AI VENDU TOUS MES VÊTEMENTS UN PEU PRÉSENTABLES !
J'AI HONTE RIEN QU'EN TE REGARDANT !
T'AS RIEN D'AUTRE À METTRE ?
VA T'EN ACHETER !
MAIS JE N'AI PAS ASSEZ D'ARGENT !

ALORS, ON VA T'EN DONNER.
D'AILLEURS, IL FAUDRAIT QUE TU FASSES QUELQUES COURSES.
STORBAUK COFFE
351-2778
hi hi t'as vu !
…
On dirait un gosse.
JE N'AIME PAS PRENDRE LE TRAIN.
J'AI BIEN FAIT DE LE DIRE.

IL FAUT PRENDRE PLUSIEURS TRAINS POUR ALLER DANS LE QUARTIER COMMERÇANT, NON ?
OUI.
ET ALORS, TU NE SAIS PAS PRENDRE LE TRAIN !?
Mais d'où tu viens, toi ?
J'AI PEUR QUE LES PORTILLONS NE SE REFERMENT SUR MOI...
En me trompant de ticket...
Ben, te trompe pas, alors...
ET SI KON T'ACCOMPAGNE, ÇA IRA ?
IL A DIT ÇA NONCHALAMENT, MAIS...
FINALEMENT...
mmh.
JE N'AURAIS JAMAIS CRU QUE KON...
M'ACCOMPAGNERAIT VRAIMENT.
«DÉSOLÉE, C'EST MOI QUI AI VOULU SORTIR AVEC TOI, MAIS...»
«EN FAIT IL VAUT MIEUX QUE L'ON SE SÉPARE.»
«QUAND ON EST ENSEMBLE, IL Y A TROP DE GENS QUI NOUS SCRUTENT, C'EST TRÈS DÉSAGRÉABLE.»
C'ÉTAIT UNE FILLE QUE J'AIMAIS DEPUIS LONGTEMPS...
J'ÉTAIS TRÈS HEUREUX QU'ELLE VEUILLE SORTIR AVEC MOI...

TU ME FAIS HONTE.
C'EST TRÈS GÊNANT.
KON.
JE PEUX...
CONTINUER TOUT SEUL.
ÇA NE TE GÊNE PAS...
DE MARCHER À CÔTÉ DE MOI ?
JE SUIS HABITUÉ À CE QUE LES GENS...
RIENT SUR MON PASSAGE...
MAIS JE REFUSE QUE...
TU SUBISSES CES MOQUERIES, TOI AUSSI.

ALORS, ALLONS VITE ACHETER CES VÊTEMENTS.
TU TE SENTIRAS MIEUX QUAND TU TE SERAS CHANGÉ.
EN TOUT CAS, MOI JE NE SUIS PAS DU TOUT GÊNÉ.
ALLEZ, VIENS !

STIZŪ
DANIL
BEAMS JAPAN
D'ACCORD !
*HYARIKO **KÔNAN BUILDING
***CABINES D'ESSAYAGE
C'EST LONG...
combien de temps ça prend, d'essayer des vêtements ?
?
HÉ, TOI !

T'ES UN KAMI, NON ?
J'AI FINI, KON !
j'ai les vêtements.
ALLONS-Y !
HEIN !?
KON !?
WAKI...
QU'EST-CE QUE JE DOIS FAIRE, WAKI !?

NABE : PLAT DE POISSON OU DE VIANDE MIJOTÉ AVEC DES LÉGUMES ET SERVI DANS UNE MARMITE EN TERRE.

TU T'ES ENCORE PRIS LA TÊTE POUR LE REPAS DU SOIR.
OH...
C'EST LA PREMIÈRE FOIS QU'ON MANGE DU NABE DANS CETTE MAISON.
Du crabe...
C'est le plat idéal pour une famille nombreuse
MANGEONS TOUS ENSEMBLE CE SOIR !
MA PART...
OH...
C'EST KON QUI A TOUT CHOISI !
CE TYPE... N'A AUCUN GOÛT, ON DIRAIT...
Ah !
OH ! T'AS ENFIN DES VÊTEMENTS CONVENABLES !
KON...

AAAH, DU NABE !
JE L'AI RECONNU À L'ODEUR.
D'HABITUDE TU NE VIENS JAMAIS PRENDRE LE REPAS DANS LA SALLE À MANGER.
C'EST QUE...
JE N'AI RIEN D'AUTRE À FAIRE.
BLOP
BLOP
BLOP
AH !
han
BENIO ?
ÇA ARRIVE !
CRAC

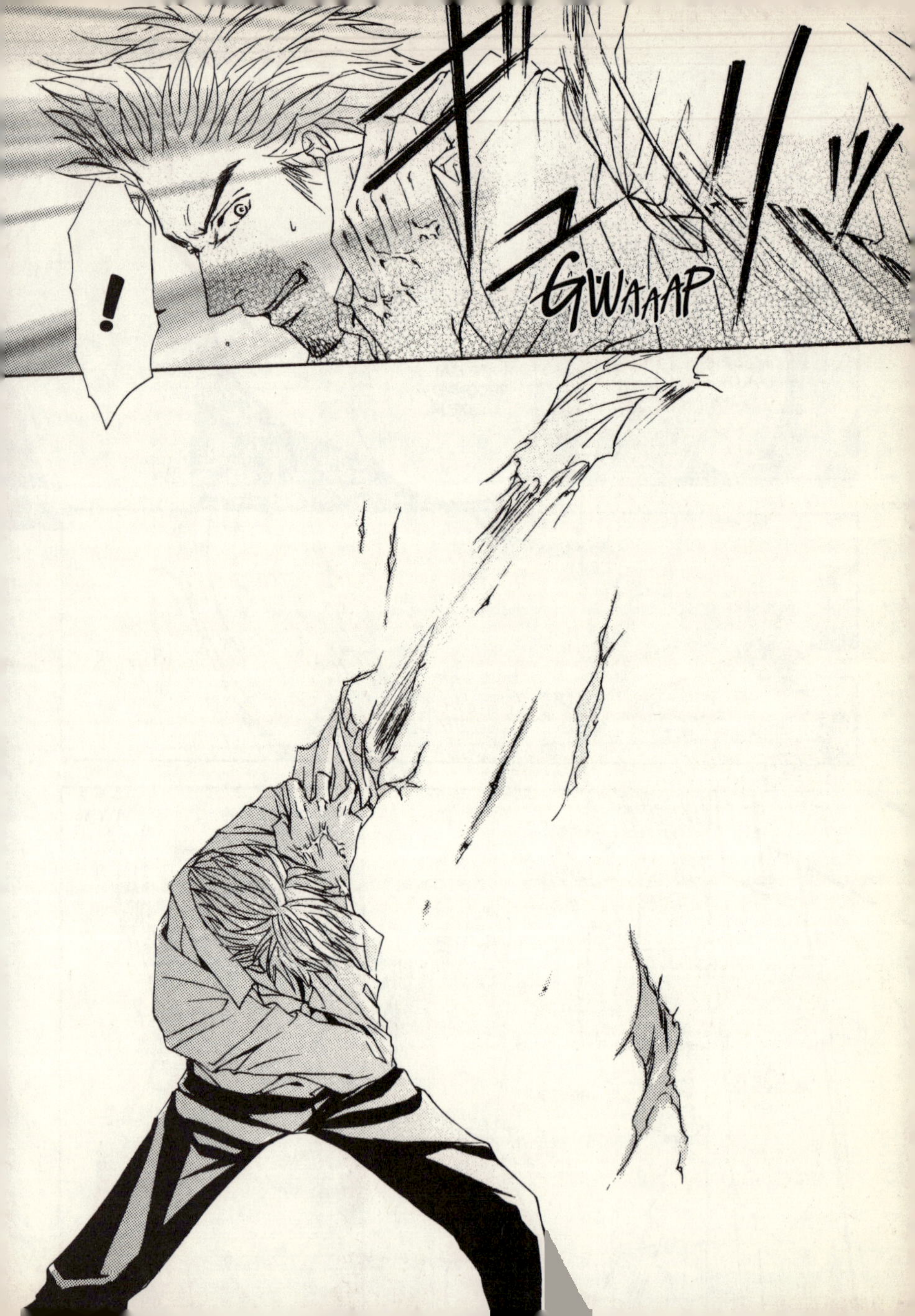
!
GWAAAP

PLAF

KO-
NOE !
PLAF
KLING
KO-
NOE !
CRAC
KOTO-
HA !!
IDIOT !
KLING
KO-
NOE !
RAMASSE
MON
BRAS,
D'ABORD !
IL VA
BRÛLER
!!

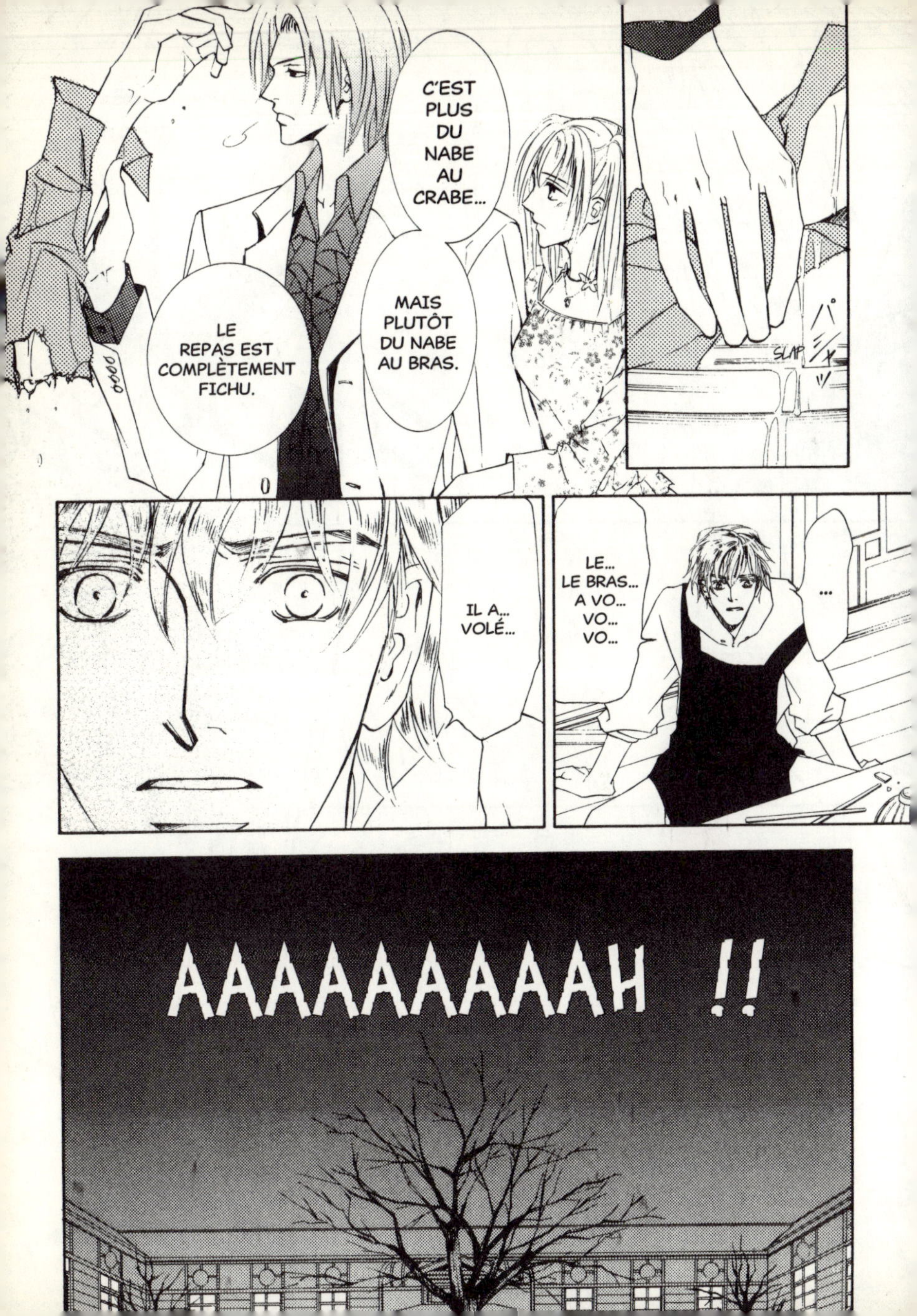
SLAP
C'EST PLUS DU NABE AU CRABE...
MAIS PLUTÔT DU NABE AU BRAS.
LE REPAS EST COMPLÈTEMENT FICHU.
...
LE... LE BRAS... A VO... VO... VO...
IL A... VOLÉ...
AAAAAAAAAH !!

LE BRAS !
LE BRAS A ÉTÉ ARRACHÉ ! GRAND-MÈEEEEERE !
ゴロゴロゴロ
FLOUP FLOUP FLOUP
OUI, OUI ! CALME-TOI !
CLAP
CLAP
VITE, UNE AMBULANCE ! IL FAUT... L'HÔPITAL !
ÇA VA ALLER.
ALORS CALME-TOI UN PEU.
CE N'EST PAS UNE BLESSURE GRAVE.
DANS QUELQUES HEURES, IL N'Y PARAÎTRA PLUS.

...
MAIS...
C'EST PAS NORMAL...
IL Y A UN INSTANT...
SON BRAS A ÉTÉ ARRACHÉ SOUS MES YEUX...
POURQUOI...
EST-CE QU'IL N'Y A PAS UNE SEULE GOUTTE DE SANG ?
JE SUIS UN KAMI.
JE NE PEUX PAS SAIGNER.
KONOE...
UN KAMI ?
UNE DIVINITÉ ?
NON, L'AUTRE «KAMI».
UN KAMI DE PAPIER.
EN JAPONAIS LES MOTS PAPIER ET DIVINITÉ SONT DES HOMOPHONES SE PRONONÇANT TOUS LES DEUX «KAMI» CE QUI EXPLIQUE LA CONFUSION DE RAIZÔ

JE SUIS UN KAMI...
EN PAPIER 100% NATUREL.

-ZE-
Chapitre 2 :
Kami et kotodama

JE SUIS UN KAMI, JE NE PEUX PAS SAIGNER.
UN KAMI 100% NATUREL.
QU'EST-CE QU'IL Y A, KOTOHA ?
NE FAIS PAS CETTE TÊTE-LÀ, CE N'EST PAS SI GRAVE.
CE...
J'AI BEAU REGARDER ATTENTIVEMENT...
IL NE DIFFÈRE EN RIEN D'UN ÊTRE HUMAIN NORMAL...
QUOI !? C'ÉTAIT UNE BLESSURE EXTRÊMEMENT GRAVE !
BON...
MAINTENANT QU'IL A TOUT VU, ON N'A PAS LE CHOIX.
ON N'A PAS EU LE TEMPS DE FAIRE VRAIMENT CONNAISSANCE, MAIS C'EST L'HEURE DE FAIRE DES ADIEUX.
PULSION DE MEUTRE
OH NON...
FLIP
FLIP
FLIP

JE NE DIRAI RIEN À PERSONNE, JE VOUS LE JURE !
WAKI, AU SECOURS !!
ALLÔ, LES SUSHIS MIYAKO ?
JE VAIS PRENDRE DEUX GRANDS PLATS ET DEUX NOR-MAUX DONT UN SANS WASABI.
Viens sur mes genoux
MOURIR...
JE NE VEUX PAS MOURIIIIR !!
aaaargh

OUIN OUIN
PFFF... TU VAS CHIALER LONG-TEMPS COMME ÇA ?
ALLEZ, PRENDS DES SUSHIS.
BON, TOUT CECI EST SÛREMENT VOULU PAR LE DESTIN.
POURQUOI NE PAS LUI LAISSER LA VIE SAUVE PUISQU'IL DIT QU'IL NE RACONTERA RIEN À PERSONNE ?
JE LE JURE ! JE RESTERAI MUET JUSQU'À MON DERNIER SOUFFLE !
あっはっはっ HA HA HA
DE TOUTE FAÇON, MÊME S'IL PARLAIT, JE PENSE QUE PERSONNE NE LE CROIRAIT.
TOUT À FAIT !

EUH... DITES...
IL ME RESTE ENCORE QUELQUES QUESTIONS BASIQUES...
C'EST QUOI UN KAMI ?
ET JE NE COMPRENDS PAS VRAIMENT COMMENT LE BRAS DE KONOE A FAIT POUR SE DÉTACHER...
PUIS SE RECOLLER EN SI PEU DE TEMPS...
EUH...
ET BIEN... C'ÉTAIT UN RETOUR DE FLAMME, DISONS...
CROUNCH CROUNCH
EN CLAIR, C'EST UNE MALÉDICTION QUI LUI A ÉTÉ RENVOYÉE.
TON MAÎTRE EST ÉTONNAMMENT FAIBLE, KONOE. ON A DU MAL À CROIRE QUE C'EST VRAIMENT LUI, LE CHEF DE FAMILLE...
TAIS-TOI ! ON N'A PAS EU D'INFORMATION PRÉCISANT QUE LA VICTIME AVAIT UN ONMYÔJI À SES CÔTÉS !
pff
TU NE TE RENSEIGNES PAS SUFFISAMMENT.
UN... ONMYÔJI ?

RAIZÔ, SAIS-TU CE QU'EST LE KOTODAMA ?
OUI.
C'EST LE FAIT D'INSUFFLER UN POUVOIR AUX MOTS.
MAIS C'EST UNE MAUVAISE CHOSE, UN MOT QU'IL NE FAUT PAS PRONONCER.
JE NE SAIS PAS OÙ TU EN AS ENTENDU PARLER, MAIS...
C'EST UN VILAIN MOT QUE JE NE VEUX PAS ENTENDRE DE TA BOUCHE.
le pouvoir de rendre réels les mots que l'on prononce...
LA FAMILLE MITÔ...
POSSÈDE LE POUVOIR DU KOTODAMA.
VRAIMENT !? ALORS VOUS POUVEZ GUÉRIR LES MALADIES OU PROTÉGER LA PAIX UNIVERSELLE !?
GÉNIAL !
DE QUOI TU PARLES !?

EN FAIT, ON NE PEUT QU'INVOQUER DES MALÉDICTIONS MORTELLES, PROVOQUER DES MALADIES ET APPORTER LE MALHEUR...
ha ha ha
C'EST SEULEMENT...
POUR LE MAL !?
IL Y A BEAUCOUP DE DEMANDES.
MAIS LES MOTS QUI ONT PROVOQUÉ LE MALHEUR...
PEUVENT SE RETOURNER ENCORE PLUS VIOLEMMENT ...
CONTRE CELUI QUI LES A PRONONCÉS.
PAR EXEMPLE...
QUE LE CŒUR DE RAIZÔ S'AFFOLE PENDANT UN INSTANT.
OOOH !
BO BOUM
BO BOUM
!
SHLAK
ÔKA !

NAGASHIBINA : FÊTE TRADITIONNELLE JAPONAISE OÙ L'ON FAIT DES VŒUX POUR LA BONNE SANTÉE DES ENFANTS PAR L'ENTREMISE DE POUPÉES HINA, EN PAPIER, LÂCHÉES AU FIL DE LA [illegible]ÈRE AFIN DE SE PURIFIER.

IL FAUT CRÉER UN CONTACT DES MUQUEUSES.
MMH !
SHLAK
haa
haa
UN CONTACT DES MUQUEUSES...
MAIS ALORS...
TOUT ÇA...
PAS DE MAUVAISES PENSÉES !
t'as pas honte !?
CE NE SONT QUE... QUE DES BAISERS, N'EST-CE PAS !?
AH !

AH... ALORS...
QUEL EST LE RÔLE DE KON ?
KON EST UN KAMI.
DONC, WAKI VOUS ÊTES...
LE MAÎTRE DE KON ?
NON, JE SUIS SON PÈRE !
hé hé
HEIN !?
C'EST MOI QUI FABRIQUE LES KAMIS.
JE SUIS LE MARIONNETTISTE.

ET UNE DERNIÈRE CHOSE.
LES KAMIS ET LEUR MAÎTRE KOTODAMA DOIVENT ÊTRE DU MÊME SEXE.
JE SUPPOSE QUE NOS PRÉDÉCESSEURS...
ONT PENSÉ QU'UN TANDEM HOMME ET FEMME
SERAIT PLUS DÉVERGONDÉ ?!
tu crois pas ?
J'EN SAIS RIEN !
« DU MÊME SEXE »...
DU MÊME SEXE
1- SEXE IDENTIQUE,
2- HOMME AVEC HOMME, FEMME AVEC FEMME.
...
NON...
CE N'EST PAS POSSIBLE...
ALORS...
SCHÉMA HIÉRARCHIQUE DE LA FAMILLE
C'est évident, les kamis sont la Base de notre structure...
ha ha ha...
TOUT EN BAS DE L'ÉCHELLE.
Pourquoi est-ce que je suis si Bas ?

JE NE ME RAPPELLE PAS T'AVOIR DIT QUE J'ÉTAIS UN HOMME.
VOLANTS
C'EST VRAI QU'ÔKA EST UN NOM DE FEMME...
VOUS AVEZ GAGNÉ...
pffiuuh
T'EN FAIS PAS...
TU POUVAIS VRAIMENT PAS SAVOIR.

AU FAIT, WAKI.
TU N'AVAIS PAS QUELQUE CHOSE À NOUS DIRE ?
OUI...
JE VOULAIS VOUS AVERTIR DE RESTER SUR VOS GARDES.
AU PRINTEMPS, IL Y A PAS MAL DE TYPES LOUCHES QUI RÔDENT...
QU'EST-CE QUE TU DIS ?
POUR KOTOHA, IL Y A KONOE.
KOTO ! VIENS, ON RETOURNE DANS NOTRE CHAMBRE.
POUR BENIO, IL Y A ÔKA
ON VA Y ALLER AUSSI.
AH, RAIZÔ...
TU POURRAIS ME FAIRE RÉCHAUFFER DU SAKÉ AVANT QUE JE ME COUCHE ?
UN VERRE, ÇA IRA ?
VAS-Y AVEC MODÉRATION, WAKI.
HA HA HA HA HA...
ET POUR MOI, IL Y A...
TIC
TIC

KON...
ÇA VA ?
TU NE TE SENS PAS BIEN ?
CE N'EST RIEN...
VRAI-MENT...
TU ES SÛR ?
PARCE QUE TU AVAIS MAUVAISE MINE.
JE SUIS CONTENT QUE TU AILLES BIEN.

aaaaaaaaaaaaaaaah...
FINA-LEMENT.
CE SOIR NON PLUS, PERSONNE N'A TOUCHÉ À MON REPAS.
KLING
カチャ
!
MAIS DANS UN SENS, JE SUIS SOULAGÉ...
CE N'EST PAS PARCE QU'ILS ME DÉTESTENT QU'ILS NE MANGENT PAS.
KON !
ÇA VA ALLER, NE T'OCCUPE PAS DE ÇA !
C'EST MON TRAVAIL !

SPLAF
KON !
EXCUSE-MOI DE TE DÉRANGER !
AH, VRAIMENT !?
...
TU RISQUERAIS DE TE SALIR...
OU DE TE COUPER...
C'EST TOUT...
CE QUE JE VOULAIS DIRE...

ALORS ?
TU T'ES OCCUPÉ DE CE TYPE ?
HÉ, POURQUOI EST-CE QUE TU CHANGES DE SUJET ?!
TANT QUE KON EST D'ACCORD,
ON CONTINUERA NOTRE ACTIVITÉ.
QU'EST-CE QUE TU VEUX FAIRE, KON ?
CE N'EST PAS LA PEINE D'ÉCOUTER...
C'EST...

C'EST LA SEULE CHOSE...
JE VOIS.
QUE JE PEUX FAIRE.
GRAND-MÈRE...
POURQUOI EST-CE QUE J'AI ÉTÉ CHOQUÉ À CE POINT ?

FLOUCH
...
AH...
KLAM
ガラッ
WAH ! ÉNORME !
TU AS ÉTÉ GÂTÉ PAR LA NATURE.
Toi.
ET EN PLUS TU ES UN VRAI BLOND !
incroyable

AAAAAAAAAAAH !
C'EST QUOI ÇA ?
zzz...
ÔKA...
J'AI ENTENDU... UNE VOIX...
T'EN OCCUPE PAS.
TU PEUX PLEURER TANT QUE TU VEUX...
BRRRR
IL N'Y A AUCUNE RAISON D'ÊTRE GÊNÉ OU DE LE CACHER COMME UN TRÉSOR INESTIMABLE.
c'est bon, enfile ton caleçon, fillette.
snif snif
DIS, TU VEUX BIEN M'ÉCOUTER, RAIZÔ ?
...
JE VOUDRAIS TE DEMANDER QUELQUE CHOSE.

QU'EST-CE QUE C'EST ? DE LA CRÈME ?
C'EST UNE POMMADE SPÉCIALE POUR LES KAMIS.
HEIN !?
POURRAIS-TU...
PRENDRE SOIN DE KON ?
CE GOSSE PENSE...
QUE PERSONNE NE TIENT À LUI.
ALORS POURRAIS-TU VEILLER SUR LUI ?

OUI !
IL M'A DIT CELA, MAIS...
CE SOIR-LÀ, KON N'EST PAS REVENU DANS LA CHAMBRE.
ギイイ
KONOE !!
!
T'ES ENCORE LÀ, TOI !?
TU NE DEVRAIS PAS ÊTRE À LA CÉRÉMONIE D'ENTRÉE DE TON UNI-VERSITÉ ?

SI MAIS...
KON EST INTROUVABLE DANS LA MAISON.
TU AURAS TOUT LE TEMPS DE TE FAIRE DU SOUCI À TON RETOUR !
VA IMMÉDIATEMENT À L'ÉCOLE !
BANG
PIOUF
...
aïe...
CLAC
ALLEZ, RELÈVE-TOI !
C'EST UNE BELLE JOURNÉE POUR UNE CÉRÉMONIE D'ENTRÉE.
JE VAIS T'Y EMMENER.

!?
...
NE T'EN FAIS PAS, JE VAIS AU TRAVAIL ET C'EST SUR MON CHEMIN.
SHIROSUKE, KUROSUKE ! TOUT EST PRÊT ?!

!
Mais d'où est-ce que...
OUI, MAÎTRE.
A... ATTENDEZ !
JE...
ALORS, EN AVANT !
白黒屋

Je vous ai dit d'attendre...
ガク ガク ガク
KLAK KLAK KLAK
...
CE TYPE BLOND...
Ô kaaaa...
LE VOILÀ ENFIN...
C'EST BIEN LUI !
FLAP

HÉ !
COMBIEN DE TEMPS VAS-TU CONTINUER COMME ÇA !?
PLAF
KON !
JUS-QU'À CE QUE...
JE NE SOIS PLUS QUE CENDRES...

TU N'AS MÊME PAS DE MAÎTRE...
TU ÉCARTES LES JAMBES POUR GAGNER DE L'ARGENT...
TU ENCAISSES DES BLESSURES À LA PLACE DE CETTE CRAPULE POUR QUELQUES BILLETS.
TU ES FIER DE TOI ?
C'EST DE LA PROSTITUTION !
TA GUEULE !
TA GUEULE !
TAIS-TOI ! TAIS-TOI !
SORS DE MA CHAMBRE !

TU AS OUBLIÉ QUELQUE CHOSE ?
TU AURAIS DÛ ME LE DIRE PLUS TÔT.
JE N'AI PAS EU LE TEMPS.
SHIRO-SUKE !
ON FAIT DEMI-TOUR !
OUI, MAÎTRE.
Ah !
NON, NON, ALLEZ TRAVAILLER, JE VAIS ME DÉBROUILLER TOUT SEUL.
SHIROSUKE EST LE MOYEN LE PLUS RAPIDE.
SI TU INSISTES, JE VAIS Y ALLER, MAIS...
SI TU AS BESOIN DE QUOI QUE CE SOIT, TU PEUX ME JOINDRE LÀ.
JE TE VIENDRAI EN AIDE IMMÉDIATEMENT.
Agence de détectives privés
le Lys
directrice
ôka mitô

hi hi
BON..
À PLUS TARD.
KLAK ガラ
KLAK ガラ
KLAK ガラ
KLAK ガラ...
DES DÉTECTIVES PRIVÉS ?
ÇA EXISTE VRAIMENT ?
OUI, MAÎTRE.

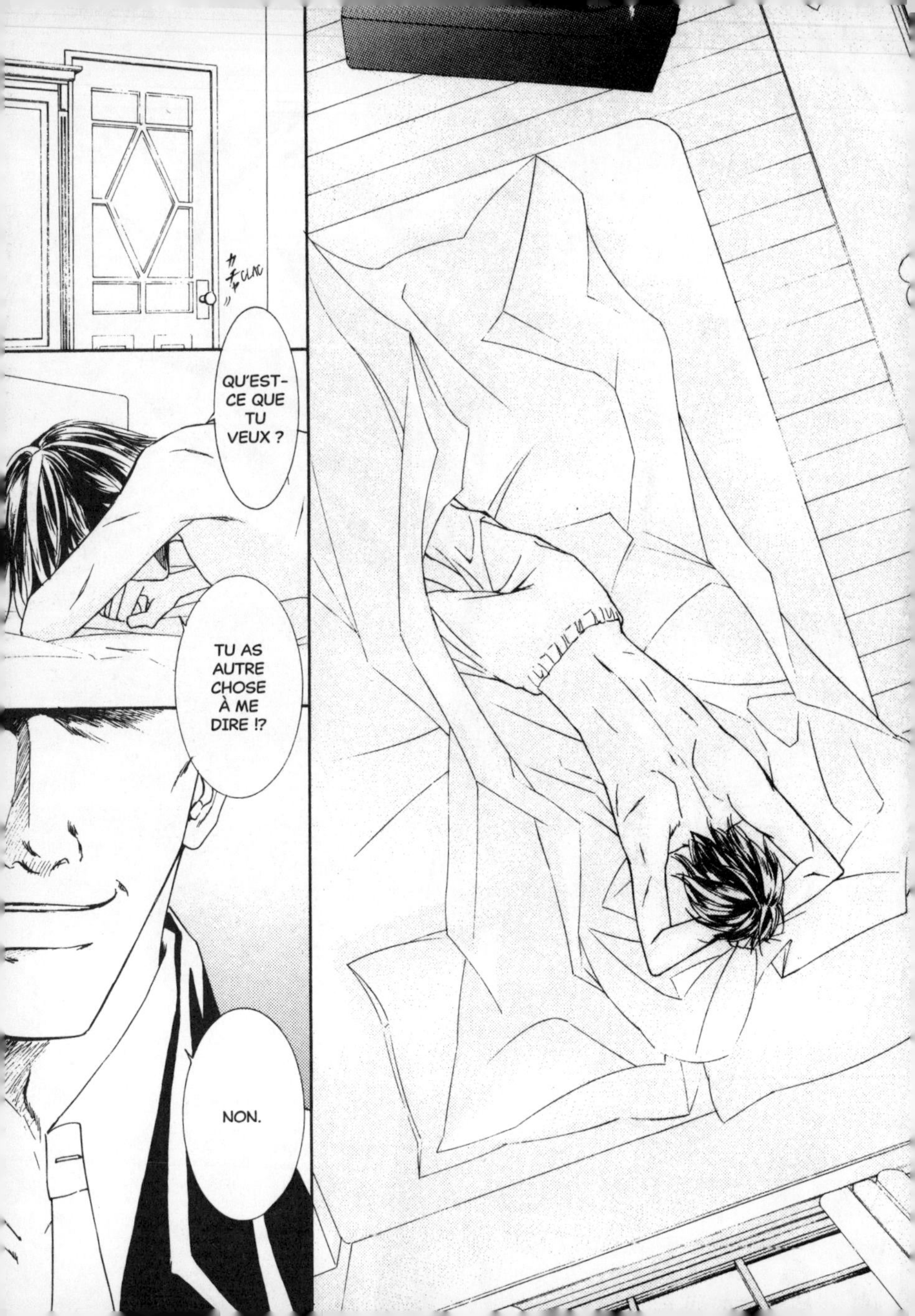
CLAC
QU'EST-CE QUE TU VEUX ?
TU AS AUTRE CHOSE À ME DIRE !?
NON.

JE T'AI
ENFIN
TROUVÉ !
KAMI.

VLAM
BLAM
WAKI !
WAKI !
SLAP
ARRÊTE DE COURIR.
!
LÂCHEZ-MOI...
AH !

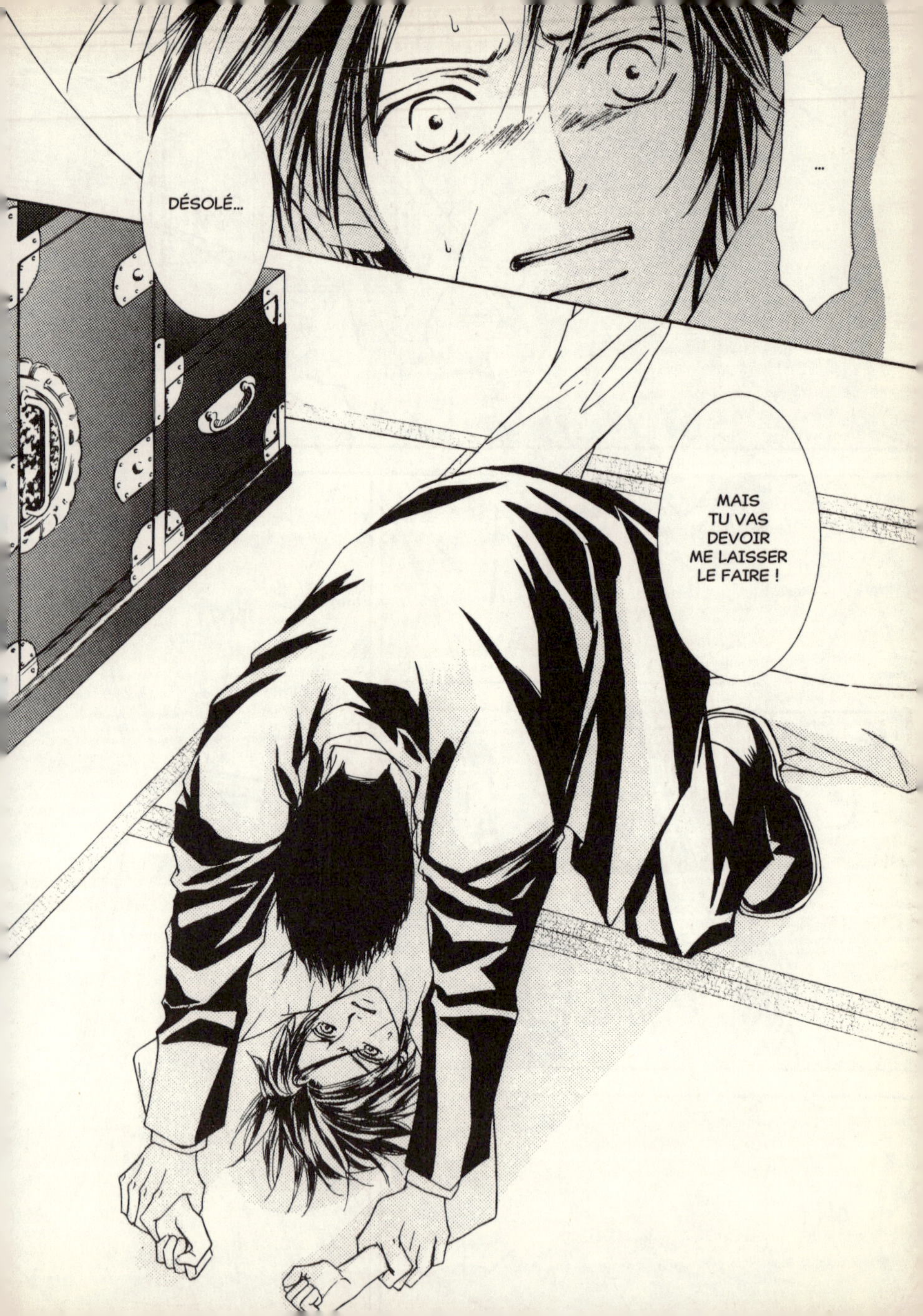
...
DÉSOLÉ...
MAIS TU VAS DEVOIR ME LAISSER LE FAIRE !

-ZE-
Chapitre 3 : Demande en mariage.
YOU UP FOR IT ?
F&B CO.

FLAP
COMBIEN DE TEMPS VAS-TU LAISSER KON FAIRE CES CONNERIES, WAKI !?
ET TANT QU'À FAIRE, TU POURRAIS LUI DEMANDER DE LAVER SES SALOPERIES !
Pourquoi je dois faire ça...
TU SAIS, ÉTANT SON PÈRE, C'EST UN PEU DÉLICAT POUR MOI.
IL M'A DIT QU'IL VOULAIT...
AVOIR UNE RAISON DE VIVRE.
ALORS JE NE PEUX PAS LUI DEMANDER D'ARRÊTER DE TRAVAILLER...

!?
PLAF
!
!
!

BAM
!
AH !
je suis
enfin arrivé...
MÊME SI JE PRENDS MON SAC ET QUE JE REPARS TOUT DE SUITE, JE NE SUIS PAS SÛR D'ARRIVER À TEMPS POUR LA CÉRÉMONIE.
TAP TAP

DU SANG !?
AH !
AH !
AH !
OH...
MÊME AVEC UN COUTEAU PLANTÉ DANS LA MAIN, TU NE SAIGNES PAS... T'ES VRAIMENT UNE POUPÉE ?
POURTANT TU RESSENS LA DOULEUR COMME N'IMPORTE QUI.

MAIS MOI, JE NE POURRAIS PAS SUPPORTER LA DOULEUR BEAUCOUP PLUS LONG-TEMPS...
SI TU NE VEUX PAS SOUFFRIR DAVANTAGE...
RESTE TRANQUILLE ET LAISSE-TOI FAIRE.
KOF
SPLIC
JE VAIS...
TE TUER...
FWIP
SI JE FAIS CE GENRE DE CHOSE...
C'EST JUSTEMENT POUR NE PAS MOURIR.

SI JE PAIE APRÈS, MÊME GENMA NE M'EN TIENDRA PAS RIGUEUR.
J'AI OUVERT MA BOUCHE QUAND L'ÉTAT DU VIEUX S'EST AMÉLIORÉ SUBITEMENT.
ILS CROYAIENT QUAND MÊME PAS QUE J'ALLAIS ATTENDRE MON TOUR...
ALORS QUE MON ÉTAT EST BIEN PLUS GRAVE. ON M'A TIRÉ DANS LE VENTRE !
...
ZWIII
TU RESSEMBLES VRAIMENT À UN HUMAIN...
J'SUIS PAS VRAIMENT DE CE BORD-LÀ ALORS JE ME DEMANDAIS COMMENT J'ALLAIS FAIRE POUR ME TAPER UN MEC...
MAIS EN TE VOYANT, J'AURAI PAS DE DIFFICULTÉ À TE PÉNÉTRER.
MONSIEUR LE KAMI.

!?
BTNG
...

GH HLL...
PETIT MERDEUX... JE VAIS TE BUTER...
KRANCH
HÉ, TU AS VOLÉ MA RÉPLIQUE !
TU OSES ENTRER CHEZ QUEL-QU'UN SANS PERMISSION ET TU TROUVES ENCORE LE MOYEN DE GUEULER !?
GWIP
GWIP
AAAAAAH !!

AH...
GNN...
KONOE.
APPELLE GENMA,

POUR QU'IL VIENNE S'OCCUPER DU CORPS !
VOOSH
ATT...
NON... ATTEN-DEZ !
ATTENDEZ, PITIÉ !
AA AA AH !!
BIP
BIP
BIP

IL SUF-FIT...
D'EN APPLIQUER SUR TA MAIN ? TU ES SÛR QUE ÇA VA ALLER ?
POUR CE GENRE DE BLESSURE, ÇA AGIT TRÈS VITE.
AAH... AAARGH...
HAN !!
POURQUOI TU FLIP-PES ?
C'EST NORMAL !
...
JE NE M'Y ATTENDAIS PAS DU TOUT !

DANS CETTE MAISON, À FORCE, TU T'HABITUERAS À ENTENDRE DES CRIS D'AGONIE, ET À VOIR DU SANG OU DES BLESSURES…
C'EST IMPOSSIBLE !
ET PUIS, C'ÉTAIT QUI CE TYPE !?
!
UN IDIOT QUI N'A PAS PU DEVENIR UN DE NOS CLIENTS, J'IMAGINE.
!
CLASH
…
JE PEUX GUÉRIR LES BLESSURES DES AUTRES MÊME S'ILS NE SONT PAS MAÎTRES KOTODAMA…
ÇA PEUT ÊTRE N'IMPORTE QUI, TANT QU'IL Y A CONTACT DES PARTIES MUQUEUSES.
ET C'EST MA SEULE RAISON D'ÊTRE.

ALORS ...
LES AUTRES... BLESSURES SONT...
OUI.
HIER, GENMA M'A DEMANDÉ DE VENIR POUR GUÉRIR DES BLESSURES.
JE SUIS DANS CET ÉTAT PARCE J'AI ENDURÉ CELLES DE DEUX PERSONNES À LA FOIS.
POURQUOI...
FAIS-TU CELA ?
TU NE DEVRAIS PAS, KON...
TU NE RISQUES PAS D'EN MOURIR UN JOUR ?
JE NE PEUX PAS MOURIR !
LES KAMIS FINISSENT JUSTE EN CENDRES APRÈS S'ÊTRE DÉCHIRÉS EN MILLE MORCEAUX.
grrr
JE GUÉRIS DES GENS, ON ME REMERCIE ET ON ME PAIE POUR ÇA ! EN QUOI EST-CE QUE C'EST MAL !?
C'EST MON TRAVAIL !
ET PUIS JE PRÉFÈRE ÊTRE DÉTRUIT PLUTÔT QUE DE NE SERVIR À RIEN !

CE N'EST PAS DE MA FAUTE SI C'EST LA SEULE CHOSE DONT JE SUIS CAPABLE !
JE SUIS UN KAMI !
ÊTRE BLESSÉ, C'EST CE QUE JE SOUHAITE LE PLUS AU MONDE !
JE N'AI AUCUNE AUTRE RAISON D'EXISTER SINON !
C'EST MON SEUL MÉRITE !!

POURQUOI EST-CE QUE TU PLEURES... ?
POURRAIS-TU PRENDRE SOIN DE KON ?
CE GOSSE PENSE...
QUE PERSONNE NE TIENT À LUI.
ARRÊTE...
DE VOULOIR AVOIR DU MÉRITE...
DE VOULOIR SERVIR À QUELQUE CHOSE...

TU N'AS PAS BESOIN...
DE PENSER À ÇA !
LA SEULE CHOSE QUI COMPTE...
C'EST DE VIVRE ENSEMBLE ET DE PASSER DE BONS MOMENTS !
IL N'Y A QUE ÇA QUI SOIT IMPORTANT !
«RAIZÔ.»
«MERCI D'AVOIR ÉTÉ MON PETIT-FILS.»
«GRAND-MÈRE !»
«JE SUIS CONTENTE D'AVOIR VÉCU AVEC TOI...»
«JE SUIS HEUREUSE QUE TU SOIS VENU AU MONDE...»
«RAIZÔ.»

POUR TOUJOURS…
TOUJOURS…
JE SERAI TOUJOURS FIÈRE DE T'AVOIR EU COMME PETIT-FILS…
LE SIMPLE FAIT D'ÊTRE EN VIE…
EST UNE CHOSE MAGNIFIQUE.
MAIS JE NE SUIS PAS VIVANT.
JE SUIS UN KAMI !
IL N'Y A PAS DE «VIE» EN MOI !
MAIS TU PEUX BOUGER ! TU PEUX PARLER !

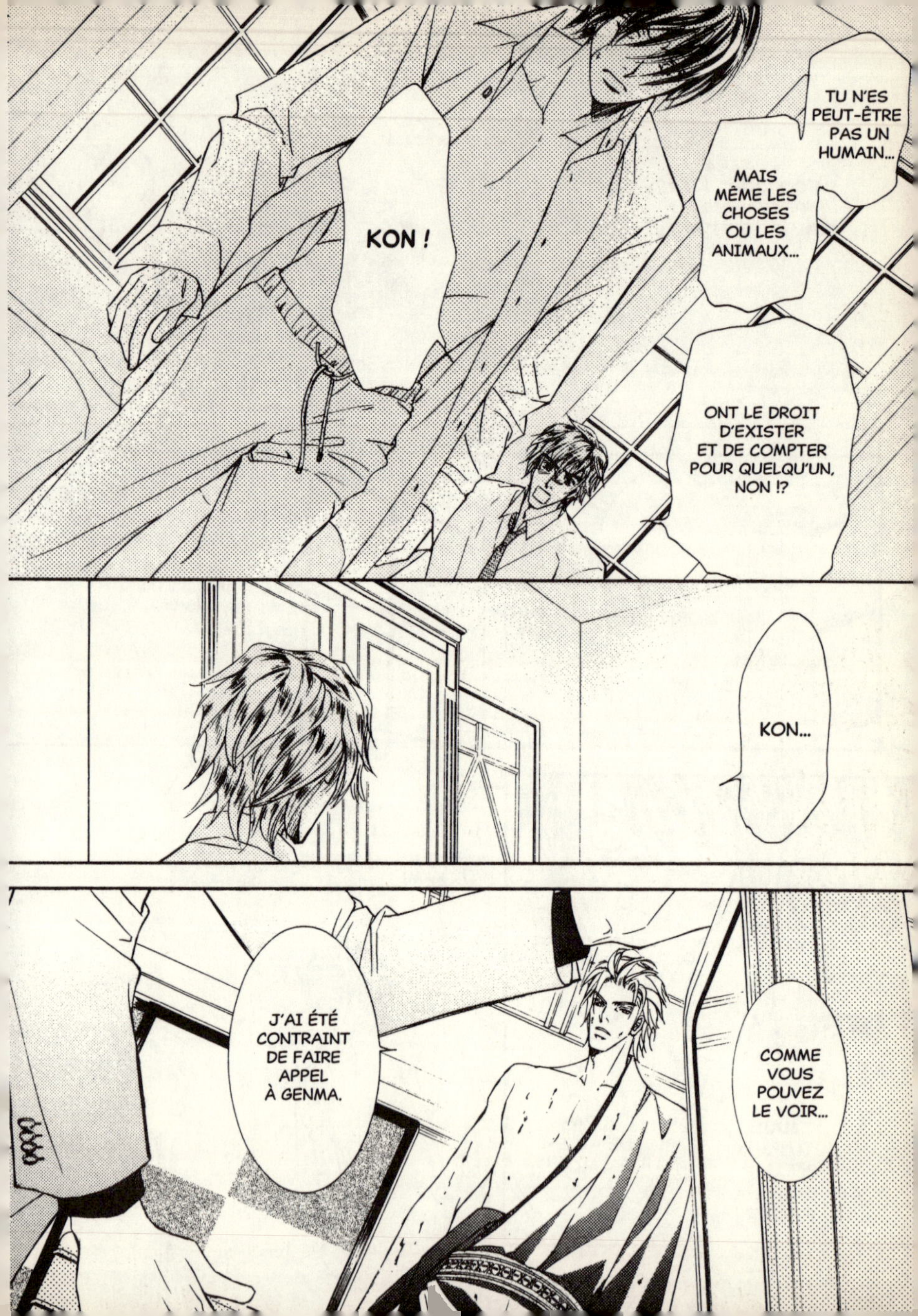
TU N'ES PEUT-ÊTRE PAS UN HUMAIN...
MAIS MÊME LES CHOSES OU LES ANIMAUX...
KON !
ONT LE DROIT D'EXISTER ET DE COMPTER POUR QUELQU'UN, NON !?
KON...
COMME VOUS POUVEZ LE VOIR...
J'AI ÉTÉ CONTRAINT DE FAIRE APPEL À GENMA.

ADRESSEZ-VOUS DIRECTEMENT À LUI.
NOUS SOMMES JUSTE...
VENUS RÉCUPÉRER UN CORPS COMME CONVENU.

DANS CE CAS...
DITES BIEN À GENMA...
J'ENTENDS LA VOIX DE WAKI...
IL EST DANS LA CHAMBRE, TANT MIEUX !
WAKI... LUI, IL NE ME REPROCHERA PAS DE FAIRE MON TRAVAIL.
IL EST LE SEUL QUI ME LAISSE FAIRE CE QUE JE VEUX.
IL EST LE SEUL...
QUE KON NE PRENDRA PLUS UN SEUL CLIENT...
SI GENMA N'EST PAS CAPABLE DE S'OCCUPER D'UN SIMPLE VOYOU.
IL NE SERA PLUS QUESTION DE CE TRAVAIL.

TRANSMETTEZ-LUI CE MESSAGE.
EH BIEN... CE N'EST PAS ÉTONNANT QUE TU AIES ÉTÉ SECOUÉ PAR LES ÉVÉNEMENTS D'AUJOURD'HUI.
C'était pas drôle...
...
Ce n'est pas ça...

TU SAIS...
QUE KON N'A PAS DE MAÎTRE KOTODAMA, N'EST-CE PAS ?
S'IL SE SENTAIT UTILE, IL NE SERAIT PAS AUSSI DÉSESPÉRÉ.
C'EST SI GRAVE QUE ÇA DE NE PAS EN AVOIR ?
NORMALEMENT SANS MAÎTRE KOTODAMA, IL N'Y A PAS DE KAMI.
S'IL N'A PAS DE KOTODAMA OU UNE AUTRE CHOSE À LAQUELLE IL PEUT SE CONSACRER...
IL REDEVIENDRA UNE «FEUILLE BLANCHE».
UNE FEUILLE BLANCHE ?
LITTÉRALE-MENT, IL OUBLIERA TOUT.
IL REDEVIENDRA COMPLÈTEMENT VIERGE DE TOUT CONTENU.
POUR PARLER EN TERMES HUMAINS, IL SERA COMME PLONGÉ DANS UN COMA LÉTHARGIQUE.

JE PRÉFÈRE ÊTRE DÉTRUIT PLUTÔT QUE D'ÊTRE INUTILE !
C'EST MON TRAVAIL !
JE N'AI AUCUNE AUTRE RAISON D'EXISTER SINON !
KON...
JE...
JE...
JE VAIS LE FAIRE !
...TU VAS FAIRE QUOI ?

PFFF
KON !
ouf !
ah, ça va ?
JE TE CHERCHAIS.
J'AI REPENSÉ…
MMH ?
J'AI REPENSÉ À CE QUE TU M'AVAIS DIT.
TU DISAIS QUE J'AVAIS TORT…
DE FAIRE TOUT ÇA, N'EST-CE PAS ?
EST-CE QUE C'EST POUR ÇA QUE WAKI NE VEUT PLUS ME LAISSER TRAVAILLER ?
PLUS PERSONNE N'A BESOIN DE MOI, MAINTENANT…
MÊME WAKI LE DIT…

NE T'INQUIÈTE PAS !
JE NE LAISSERAI PAS CELA ARRIVER !
ダダダダダ
TAPATAPATAP
!
WAKI !
Là !
Il sort du bain.

DONNEZ-MOI KON !
JE VOUS EN PRIE !
KONOE
C'EST UNE DEMANDE EN MARIAGE ?
QUOI !?
PAF
LAISSE-MOI DESCENDRE !
ah !
NON… CE N'EST PAS… CE QUE JE VOULAIS… ENFIN…
je…
SI KON EST D'ACCORD, ALORS MOI AUSSI.
WAKI !
C'EST BIEN ANIMÉ AUJOURD'HUI !
BLA BLA BLA
ガラ ガラ ガラ
OUI.

T'ES BÊTE OU QUOI !?
JE VOULAIS DIRE...
QUE J'AVAIS ENVIE DE DEVENIR...
TON MAÎTRE KO-TODAMA...
IDIOT !
ON NE LE DEVIENT PAS COMME ÇA SUR UN CLAQUEMENT DE DOIGTS !
AH !?
MAIS JE CROYAIS QU'IL FALLAIT FAIRE UN RITUEL EN PRONONÇANT SON NOM D'ORIGINE...
j'ai tout noté...
QUOI ? TU AS UN RITUEL ?
OUI.
ALORS, VOYONS VOIR...
EUH... POUR COMMENCER LE RITUEL...
«MOI, RAIZÔ»...

«MON NOM D'ORIGINE EST RAIZÔ, J SHICHIKAWA.»
«QUEL EST TON NOM D'ORIGINE ?»
«KON»
«KON»...

hé hé
...
MAIS... QUI EST-CE QUI T'A APPRIS CE «RITUEL» ?
?
HEIN ?
C'EST COMPLÈTEMENT N'IMPORTE QUOI, MAIS...
QUOI !?
HA HA HA HA HA HA HA HA !
IL M'A VRAIMENT PRIS AU SÉRIEUX ?
TOI ET TES PASSE-TEMPS CRUELS... TU NE CHANGERAS JAMAIS.
Pauvre raizô...

SWIIF
TU NE ME CONFONDS PAS AVEC TOI, PLUTÔT ?
MOI JE NE RESTE PAS CLOÎTRÉ DANS CETTE CHAMBRE ATROCE...
À BOIRE DU SAKÉ TRANQUILLEMENT.

ZIIIP
LES HORTENSIAS ONT COMMENCÉ À FLEURIR ET ON PEUT DÉJÀ SENTIR LA SAISON DES PLUIES ARRIVER.
AH ! SI TU TE DÉBATS COMME ÇA, JE VAIS FINIR PAR TE FAIRE TOMBER, KON !
-ZE-
RAISON DE PLUS POUR ME LÂCHER !
GRAND-MÈRE…
toi qui es au ciel.
AUJOURD'HUI, IL M'A ENCORE CRIÉ DESSUS.
ON EST PRESQUE ARRIVÉS !
SPLASH
SPLASH
SPLASH

-ZE-
Chapitre 4 : Asari.

AH ! WAKI, NOUS SOMMES DE RETOUR !
HÉ HÉ HÉ...
TU TE FAIS VRAIMENT TRAITER COMME UNE PRINCESSE, KON.
JE NE SAVAIS PAS TROP SI JE DEVAIS LE PORTER JUSQU'À LA MAISON.
MAIS COMME IL PLEUVAIT...

べしょっ
SHPLAF
AH !
JE T'AI DIT...
QUE JE NE RISQUAIS RIEN SOUS LA PLUIE !
ET SI TU AVAIS ATTRAPÉ UN RHUME ?
RAIZÔ EST VRAIMENT GENTIL.

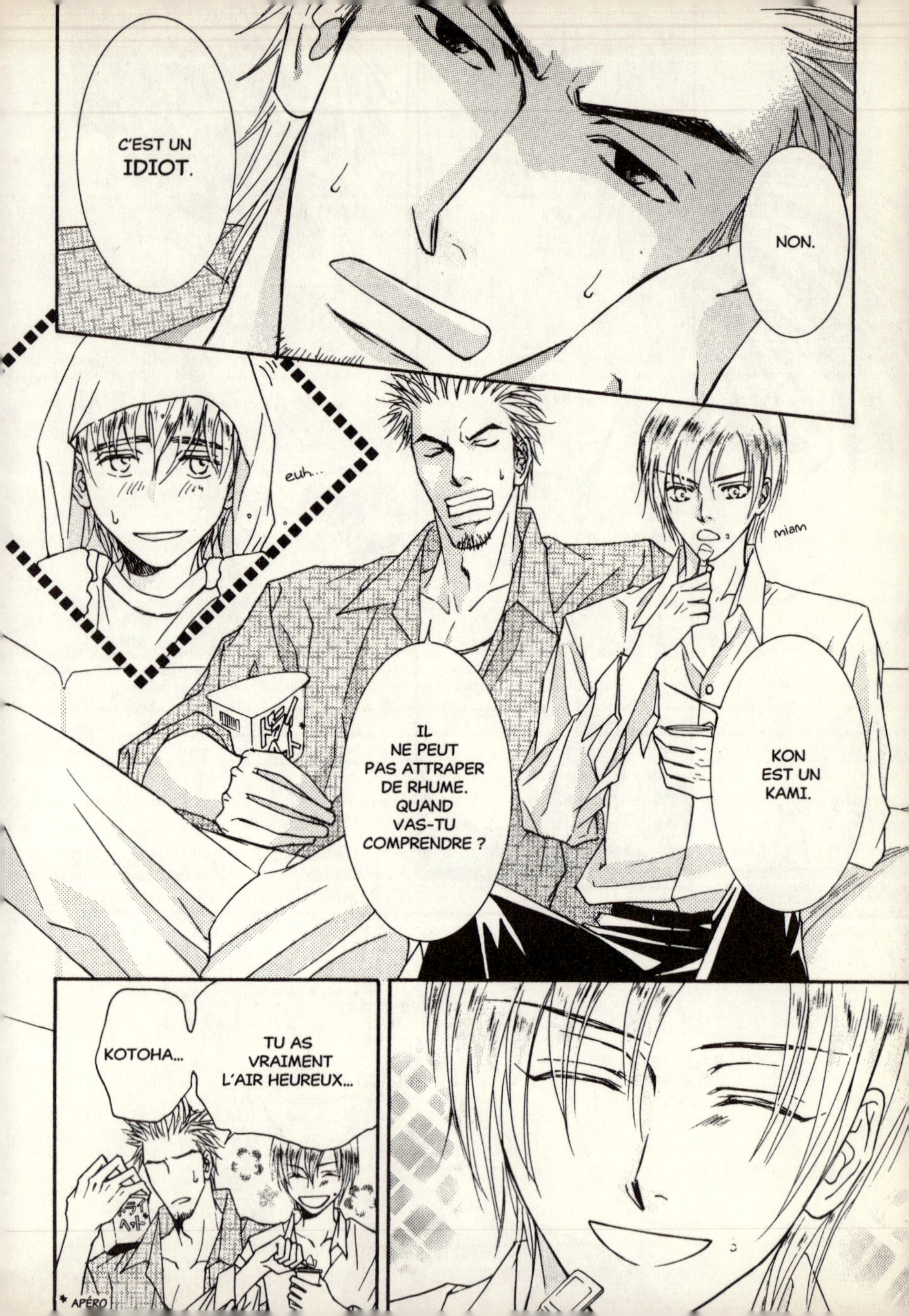
NON.
C'EST UN IDIOT.
KON EST UN KAMI.
IL NE PEUT PAS ATTRAPER DE RHUME. QUAND VAS-TU COMPRENDRE ?
miam
euh...
TU AS VRAIMENT L'AIR HEUREUX...
KOTOHA...
* APÉRO

MAIS LES KAMIS SONT AUSSI TRÈS SENSIBLES À L'EAU.
SELON MOI, RAIZÔ A AGI...
DE FAÇON TRÈS RAISONNABLE.

EST-CE...
EST-CE QUE ÇA VA ?
Vous avez l'air bizarre...
LES KAMIS SONT ABATTUS PENDANT LA SAISON DES PLUIES COMME NOUS LE SOMMES PENDANT LES CHALEURS DE L'ÉTÉ.
だるー
Pouaaaaah
...
la saison des pluies.
MÊME EN Y REGARDANT DE PRÈS, ON CROIRAIT VOIR DES ÊTRES HUMAINS.
KONOE, BENIO ET KON…
CE SONT DES «KAMIS».
ENDURENT LES BLESSURES ET LES DOULEURS DES «MAÎTRES KOTODAMA» À LEUR PLACE.

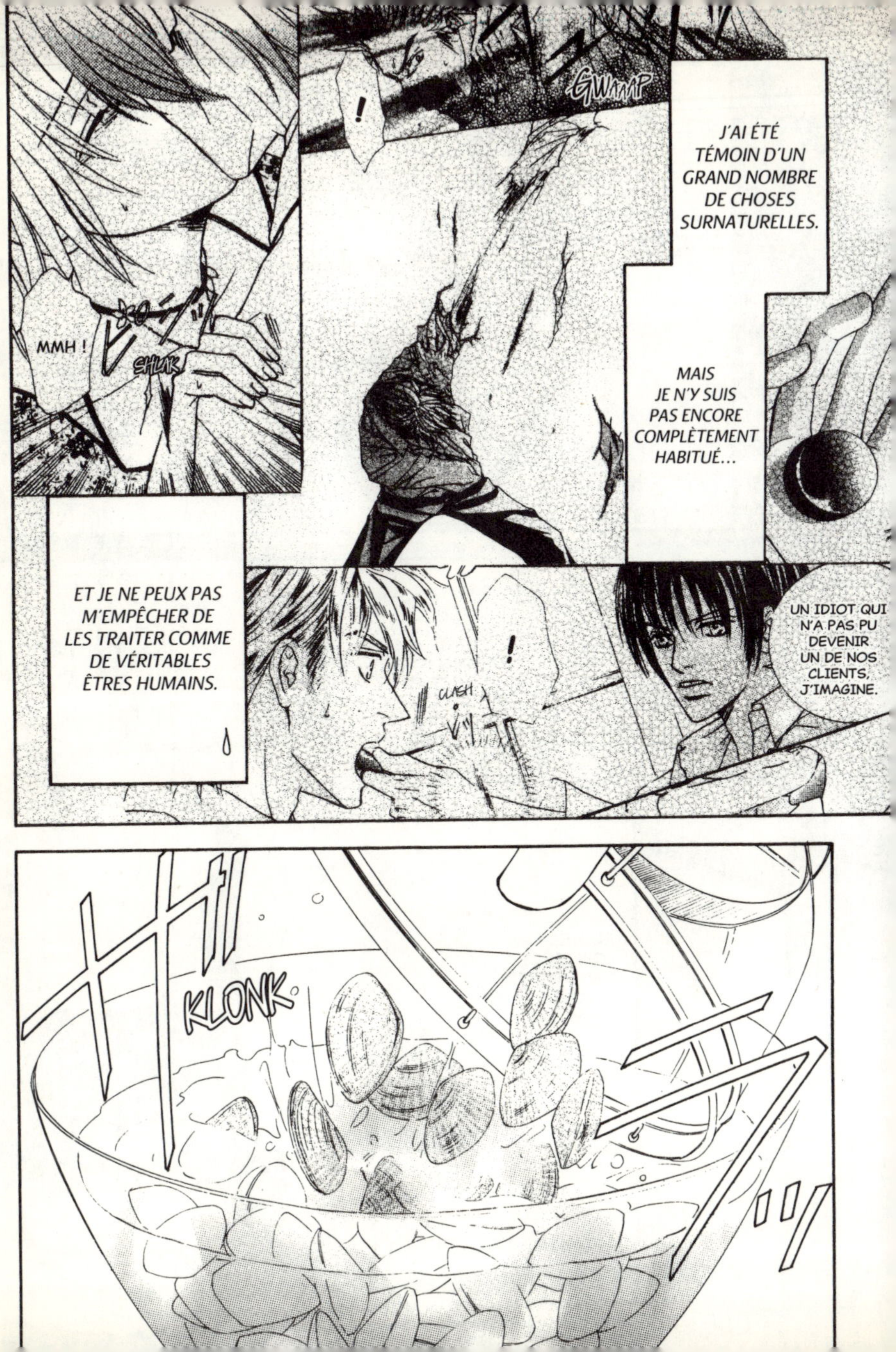
!
GWAAAP
J'AI ÉTÉ TÉMOIN D'UN GRAND NOMBRE DE CHOSES SURNATURELLES.
MAIS JE N'Y SUIS PAS ENCORE COMPLÈTEMENT HABITUÉ...
MMH !
SHUAK
ET JE NE PEUX PAS M'EMPÊCHER DE LES TRAITER COMME DE VÉRITABLES ÊTRES HUMAINS.
UN IDIOT QUI N'A PAS PU DEVENIR UN DE NOS CLIENTS, J'IMAGINE.
!
CLASH
KLONK

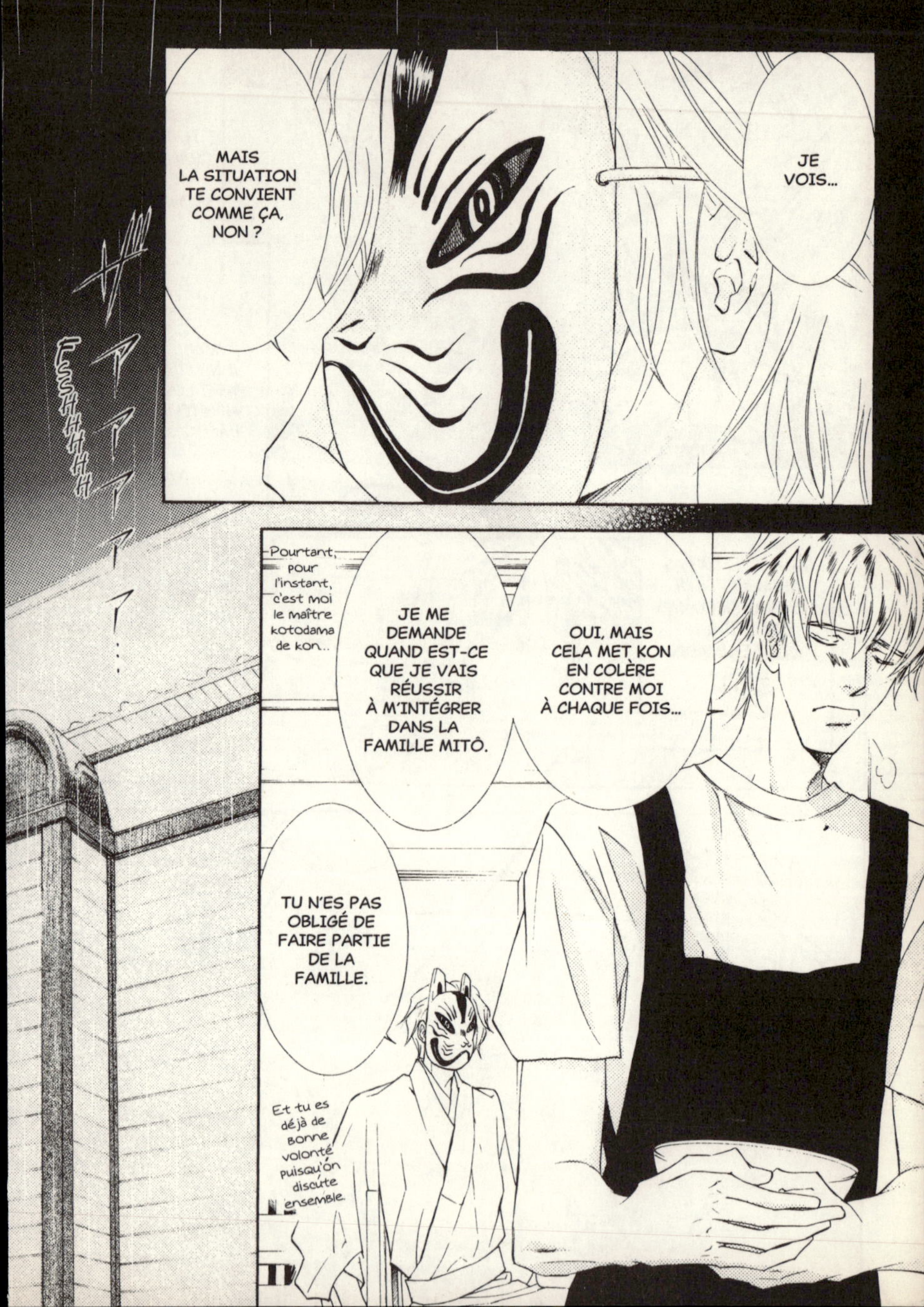
JE VOIS...
MAIS LA SITUATION TE CONVIENT COMME ÇA, NON ?
FSSHHHHH
OUI, MAIS CELA MET KON EN COLÈRE CONTRE MOI À CHAQUE FOIS...
JE ME DEMANDE QUAND EST-CE QUE JE VAIS RÉUSSIR À M'INTÉGRER DANS LA FAMILLE MITÔ.
Pourtant, pour l'instant, c'est moi le maître kotodama de kon...
TU N'ES PAS OBLIGÉ DE FAIRE PARTIE DE LA FAMILLE.
Et tu es déjà de bonne volonté puisqu'on discute ensemble.

DING
DOOONG
QUI EST-CE ?
UN LIVREUR ?
VOILÀ, J'ARRIVE !
QUI DOIS-JE ANNON...
KWIII
FLIC FLOC

FSSHHHH
JE VEUX ASARI.

CETTE VOIX...
HEIN ?
ASARI ?
ASARI*
*EN JAPONAIS, ASARI SIGNIFIE «PALOURDE», C'EST ÉGALEMENT UN PRÉNOM.
MON 'EZ... J'AI DE L'EAU 'ANS LE 'EZ !
ASARI !
TU ES LÀ !? ASARI !

ふらあ〜
C'EST QUOI CE BOUCAN !?
QUI EST-CE QUI FAIT TOUT CE BRUIT !?
MMH ?
C'est... C'EST TOI SHÔI ?
...
TU LE CONNAIS, KONOE ?
C'EST SHÔI MITÔ.
IL EST MAÎTRE KOTODAMA, C'EST LE CHEF DE LA FAMILLE MITÔ.
C'EST LE FRÈRE AÎNÉ DE KOTOHA.
JE CHERCHE ASARI, IL EST FORCÉMENT ICI !

SON... FRÈRE !?
LE FRÈRE DE !?
ASARI ? IL N'EST PAS LÀ.
RENDEZ-LE-MOI ! JE SAIS QU'IL EST LÀ.
ASARI ? MAIS QUI EST ASARI ?
C'EST MOI.
QUOI !?
ALORS TU T'APPELLES ASARI ?
ATCHOUM !
OUI...
zwif
しゅるっ

ASARI.

AAAH !!
ASARI !!
AH !
DEPUIS QUAND ES-TU LÀ !?
euh...
MMH ?
DEUX OU TROIS MOIS, JE CROIS.
UNE TANIÈRE !?
!!

...
ALORS VOUS ÉTIEZ DANS LA CHAMBRE JUSTE À CÔTÉ DE CELLE DE KONOE.
J'AI ÉTÉ PLUTÔT BRUYANT EN PLUS.
TU NE T'EN ES PAS DU TOUT RENDU COMPTE ?
TU ES VRAIMENT TOUJOURS AUSSI STUPIDE...
KONOE.
GRRRRR
SHÔI EST ENFIN VENU TE CHERCHER ?

WAKI, TU AURAIS PU NOUS PRÉVENIR...
QU'ASARI ÉTAIT RENTRÉ.
EN PLUS IL PORTAIT LE «KAKUREMINO». COMMENT AURIONS-NOUS PU DEVINER SA PRÉSENCE ?
le «kakuremino»
une création secrète de waki.
COSTUME, COMPOSÉ D'UN MASQUE DE RENARD ET D'UN KIMONO BLANC. IL PROCURE À CELUI QUI LE PORTE UNE AURA QUI LE PROTÈGE ET LE REND INVISIBLE. (UNIQUEMENT POUR LES MEMBRES DE LA FAMILLE MITÔ. CE COSTUME EST ABSOLUMENT INEFFICACE SUR UNE PERSONNE NORMALE.)
TROP COOL ! JE CROIS QUE J'AI DÉJÀ VU ÇA DANS UN FILM !
ATCH... OUM !
AAA... TCHI !
TU T'ES EN-RHUMÉ ?
JE ME SUIS FAIT MOUILLER TOUT À L'HEURE...
MAIS ÇA VA ALLER.
schnif

JE TE CHERCHAIS.
POURTANT TU N'AVAIS PAS L'AIR DE BEAUCOUP TE SOUCIER DE MOI...
J'AI SOUVENT DEMANDÉ DE TES NOUVELLES À WAKI...
ET À CHAQUE FOIS, IL ME RÉPONDAIT QUE TU N'ÉTAIS PAS LÀ.
C'EST NORMAL, JE LUI AVAIS DEMANDÉ...
DE NE RIEN DIRE.

SHÔI...

NE FAIS PAS ÇA !
ÇA FAISAIT LONGTEMPS...
JE N'AI PLUS ENVIE.
ぎゅっ
GWIP

POURQUOI ?
C'EST BIEN LA PREMIÈRE FOIS QUE TU TE REFUSES.
C'EST NORMAL.
QUAND JE GUÉRISSAIS TES BLESSURES, ÇA AURAIT ÉTÉ UN PEU CRUEL DE M'ARRÊTER EN PLEIN MILIEU.
JE NE FAISAIS QUE T'ACCOMPA-GNER.
J'AVAIS PITIÉ DE TOI.
SANS ÇA...
JE NE T'AURAIS PAS LAISSÉ FAIRE.

TU M'AVAIS ...
PROMIS...
DE ME PROTÉGER POUR TOU-JOURS !
ぎゅっ GWIP
...
IL EST TEMPS...
ザァァァ FSSHHHH
ÇA N'A PLUS DE VALEUR.
PUISQUE TU N'ES PLUS MAÎTRE KOTODAMA.

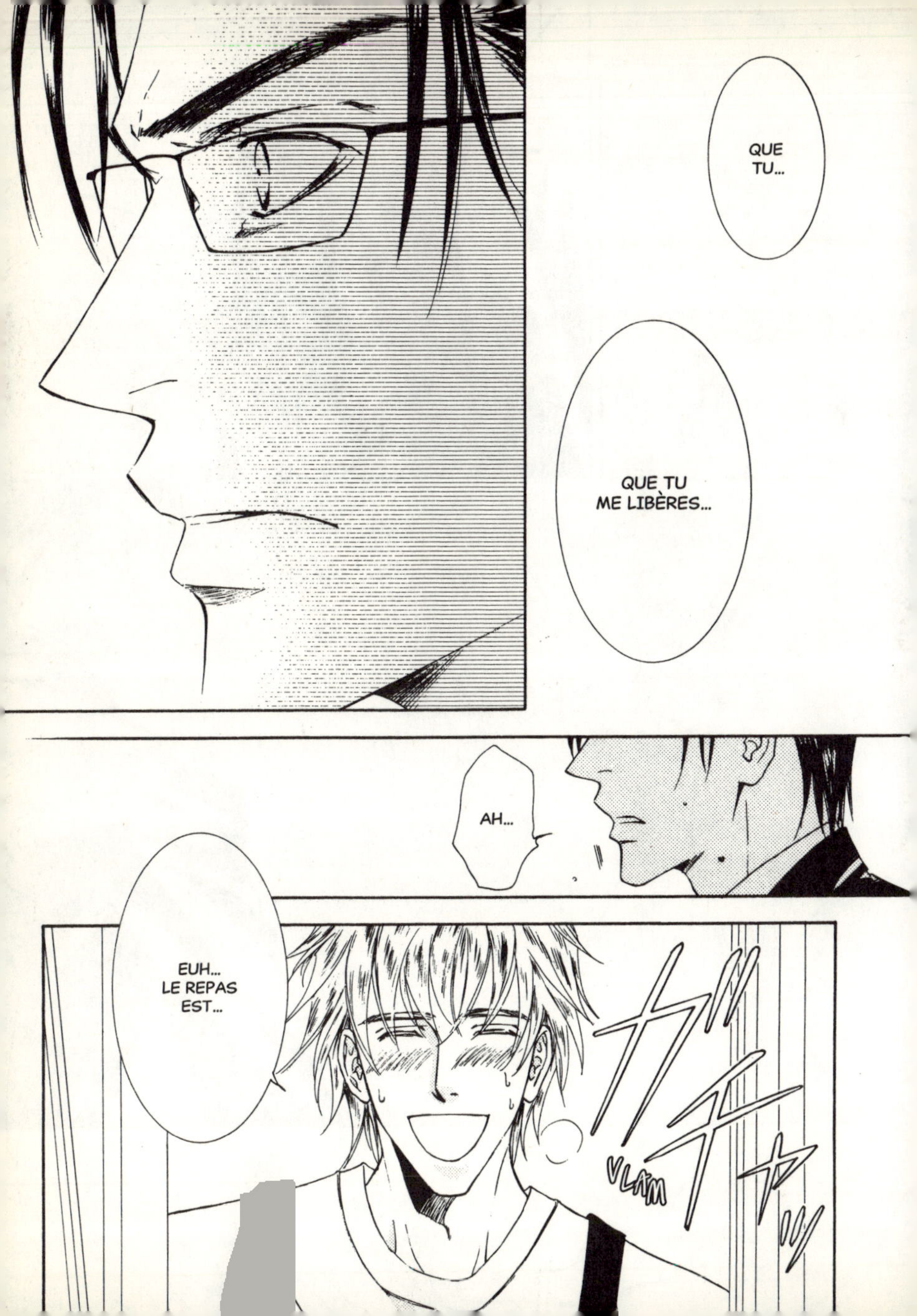
QUE TU...
QUE TU ME LIBÈRES...
AH...
VLAM
EUH... LE REPAS EST...

PRÊT...
Euh...
SHÔI, ON VA MANGER...
TU FERAIS MIEUX DE PARTIR.

KWIIII
TAP
MMH ?
EUH... JE... EUH...
EUH...
QU'EST-CE QU'IL Y A, RAIZÔ ?
hum

RAIZÔ ?
PLAF
IDIOT !
Finalement c'est toi qui as pris froid.
C'EST... BIZARRE...
haa fff
J'ÉTAIS SÛR...
D'ALLER BIEN, MAIS...
C'EST TON LIT...
JE SUIS DÉSOLÉ...
NE T'INQUIÈTE PAS ET DORS !
IL VAUT MIEUX ÇA QUE LE SAC DE COUCHAGE.
JE VAIS DEMANDER À WAKI CE QU'IL FAUT FAIRE.

IL EST GENTIL (MÊME S'IL A L'AIR ÉNERVÉ)...
Pff
JE SUIS DÉSOLÉ...
POUR LA FIÈVRE...
C'EST DE MA FAUTE SI SHÔI T'A JETÉ LES PALOURDES AU VISAGE...
VOUS ÊTES LE KAMI DE SHÔI, N'EST-CE PAS ?
IL ÉTAIT PARTI DE LA MAISON...
MAIS IL EST...
REVENU POUR VOUS CHERCHER, NON ?
ÇA DOIT ÊTRE AGRÉABLE...
MOI JE N'AI PERSONNE QUI VIENT ME CHERCHER OU QUI ATTEND MON RETOUR.

BÔNSOIR, RAIZÔ.
TU AS FROID ? RENTRONS VITE METTRE EN MARCHE LE KOTATSU.*
QU'EST-CE QUE TU FAIS LÀ ?
JE TE CHERCHAIS...
QUELQU'UN T'A FAIT PLEURER ?
*TABLE BASSE RECOUVERTE D'UNE COUVERTURE ET CHAUFFÉE PAR-DESSOUS.
ALLEZ, VIENS AVEC TA VIEILLE GRAND-MÈRE.
RAIZÔ.
VOUS DEVRIEZ ALLER AVEC LUI.
JE SUIS SÛR QUE VOUS AVEZ VOS RAISONS D'ÊTRE PARTI...
MAIS SI VOUS AVEZ UNE MAISON...

UN ENDROIT OÙ VIVRE...
ALORS ALLEZ-Y.
C'EST VRAI...
ガチャッ
VLAM
EN FAIT, CE N'EST PAS LA PEINE QUE JE DEMANDE À WAKI.
KON ?
IL N'Y A QU'UN MOYEN POUR FAIRE DESCENDRE LA FIÈVRE RAPIDEMENT.
HEIN ?

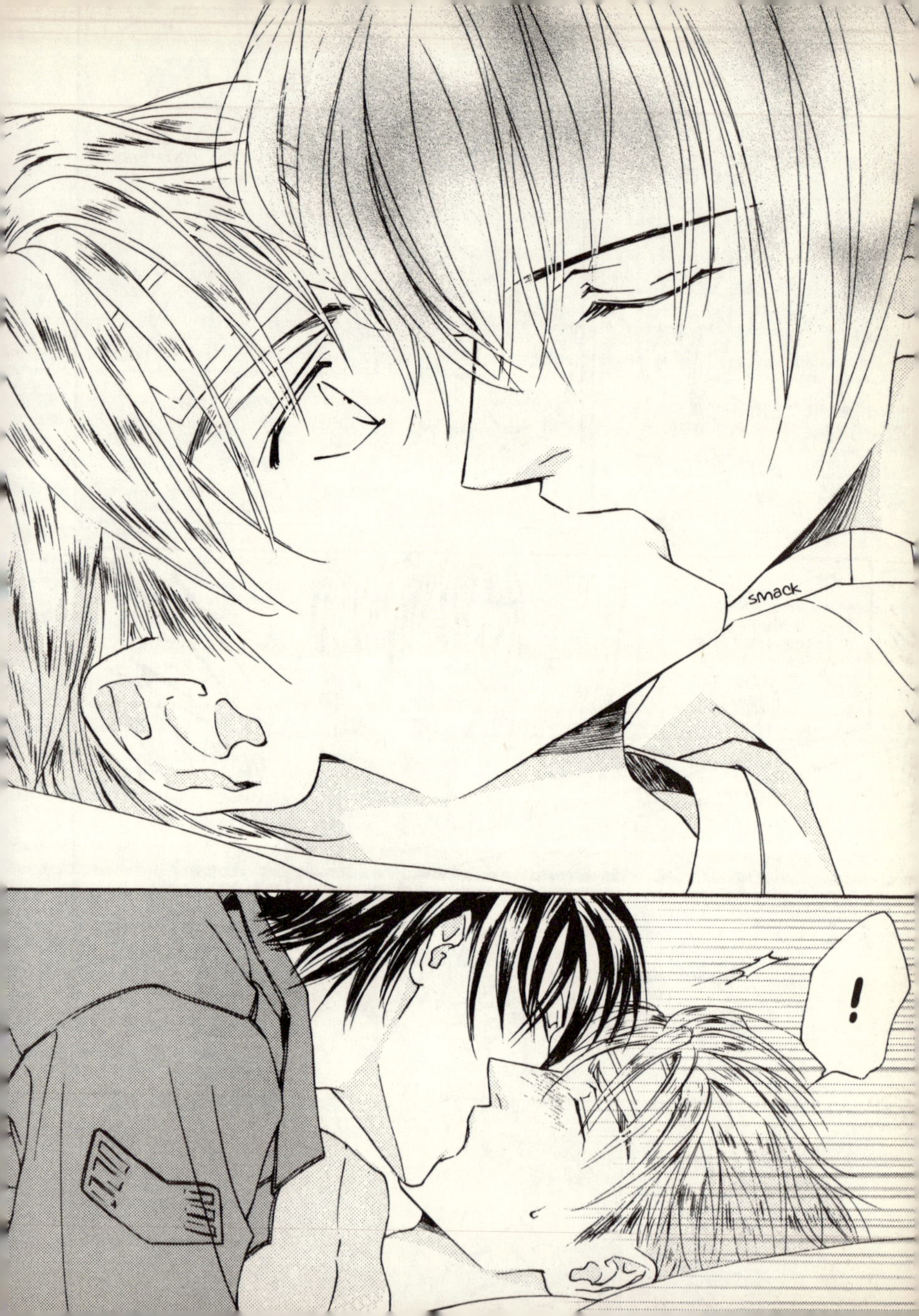
smack
!

SHLAK
...
きゅう〜っ
Waaaah...
!?

POURQUOI TA FIÈVRE EST-ELLE ENCORE PLUS ÉLEVÉE QUE TOUT À L'HEURE !?
ÇA A PRODUIT L'EFFET INVERSE.
CE PETIT EST LE VICE INCARNÉ…

ザァァァァ
FSHHHHHH

IL EST TEMPS…
QUE TU ME LIBÈRES…
ASARI…

KON, JE VAIS PRENDRE LE SAC DE COUCHAGE ET TU VAS POUVOIR RÉCUPÉRER TON LIT.
JE ME SENS BEAUCOUP MIEUX, LA FIÈVRE EST BIEN RETOMBÉE.
Ah bon ?
POURTANT TON VISAGE EST TOUJOURS AUSSI ROUGE.
TU CROIS QUE C'EST PRUDENT DE TE LAISSER DORMIR PAR TERRE !?
-ZE-
MAIS... JE NE PEUX PAS TE LAISSER DORMIR DANS CE SAC DE COUCHAGE...
Et puis, si je rougis c'est parce que tu m'as embrassé...
mmh...
BON ALORS, ON N'A QU'À DORMIR ENSEMBLE !
HEIN !?
LE LIT EST GRAND ET DE TOUTE FAÇON, JE NE PEUX PAS ATTRAPER TON RHUME...
ÇA DEVRAIT ALLER.
«ÇA DEVRAIT ALLER» ?

PLIC
PLOC
PLIC
NOUS AVONS...
DORMI ENSEMBLE !!

-ZE-
Chapitre 5 : jusqu'à redevenir cendres.

bouillie de riz.
C'EST TOI QUI ME L'AS PRÉPARÉE !?
NON, JE L'AI JUSTE FAIT RÉCHAUFFER.
C'était un sachet.
C'EST QUAND MÊME SUPER !
SUPER !
SUPER GÉNIAL !
MERCI, KON !
JE SUIS CONTENT !
«MERCI.»

C'EST PAS BON...
JE VEUX MANGER UNE OMELETTE PRÉPARÉE PAR RAIZÔ.
C'est meilleur.
TU AURAS UNE GLACE APRÈS, ALORS EN ATTENDANT, CONTENTE-TOI DE ÇA.
Mange aussi les légumes.
KON VA BIEN SOIGNER LE RHUME DE RAIZÔ.
COMME ÇA IL POURRA NOUS PRÉPARER UN BON PETIT PLAT CE SOIR.
...
PERSONNELLEMENT, JE MANGERAIS BIEN UN BORTSCH.
UNE OMELETTE...
AU FAIT...
POURQUOI EST-CE QUE TOUT LE MONDE PREND LE PETIT DÉJEUNER ICI ?
C'EST L'ENDROIT LE PLUS PAISIBLE.

ON N'A PAS VRAIMENT ENVIE DE MANGER À CÔTÉ.
JE T'AI DIT DE RENTRER CHEZ TOI HIER SOIR, SHÔI.
JE NE RENTRERAI PAS.
TANT QUE TU NE VOUDRAS PAS VENIR AVEC MOI...
JE RESTERAI ICI.

JE T'AI POURTANT DIT HIER QUE SI TU N'UTILISAIS PAS LE POUVOIR DU KOTODAMA POUR TON TRAVAIL...
JE N'ÉTAIS D'AUCUNE UTILITÉ.
ET SI JE REDEVENAIS MAÎTRE KOTODAMA, TU VIENDRAIS ?
SI C'EST LA SEULE CHOSE QUI PEUT TE FAIRE REVENIR...
ALORS, JE LE FERAI.
DANS CE CAS...
WAKI TE FABRIQUERA UN NOUVEAU KAMI.
JE NE SUIS PLUS...
LE GENTIL KAMI OBÉISSANT.

TU M'AVAIS DIT...
QUE TU ÉTAIS MON KAMI...
QUE TU SERAIS TOUJOURS À MES CÔTÉS...
TU M'AVAIS DIT QUE NOUS ÉTIONS DESTINÉS L'UN À L'AUTRE, TU M'AVAIS PROMIS...
J'AI MAL...
MON BRAS EST DOULOU-REUX...
MES JAMBES AUSSI... JE NE PEUX PAS LES BOUGER...
J'AI MAL... J'AI SI MAL !!
POURQUOI FAUT-IL EN ARRIVER LÀ QUAND ON UTILISE LE POUVOIR DU KOTODAMA, PAPA ?
C'EST TON DESTIN EN TANT QUE FILS AÎNÉ DE LA FAMILLE MITÔ.
ACCEPTE-LE UNE BONNE FOIS POUR TOUTES.
BLESSER LES GENS A UN PRIX !
JE NE VEUX PAS... JE NE VEUX PLUS !

UTILISE-MOI.
SI TU FAIS APPEL AU POUVOIR DU KOTODAMA.
SOIS RAISONNABLE, SHÔI.
QUI ES-TU ?
ASARI.
TON KAMI...

ASARI.
ON M'APPELAIT RIKIICHI AUTREFOIS... J'ÉTAIS LE KAMI DE TON GRAND-PÈRE.
C'ÉTAIT LE PREMIER MAÎTRE KOTODAWA DE LA FAMILLE À AVOIR UN KAMI.
...
QUOI ?
TU N'AIMES PAS TON GRAND-PÈRE ?
QUOI QU'IL EN SOIT, TU DEVRAIS ACCEPTER TON DESTIN.
«C'EST LE DESTIN DE CEUX DE LA FAMILLE MITÔ.»
JE NE CROIS PAS EN CES CHOSES...
INVISIBLES.
CE N'EST PAS INVISIBLE.
Tu veux voir ?
LE FIL ROUGE DU DESTIN.

Te voilà devant une preuve embarrassante, hein ?
TU VOIS ! NOUS SOMMES UNIS PAR LE DESTIN !
...
D'où est-ce que...
FIL EN COTON
CE FIL ME RELIERA À ASARI...
TANT QU'IL NE SERA PAS COUPÉ !
!
SLACK
pfff
Voilà, c'est bien fait !
HUM...
JE TE PLAIS TELLEMENT QUE TU SCELLES NOTRE LIEN PAR KOTODAMA ?
ha ha ha
AH...
TU ES VRAIMENT ADORABLE...
ASARI...

AUSSI LONGTEMPS QUE TU UTILISERAS LE POUVOIR DU KOTODAMA...
JE RESTERAI À TES CÔTÉS POUR TE PROTÉGER.
ET JE SERAI FIER...
DE TE VOIR DEVENIR UN HOMME, SHÔI.
ASARI...
...

Tu crois ? Ça me laisse froid...
JE CROIS QU'IL RE-PENSE À DES SOUVENIRS ROMANTI-QUES...
haa...
QUELLE CANAILLE, CET ASARI...
IL S'EST TOUJOURS SERVI DE SES CHARMES...
C'EST UN VRAI POISON POUR LES JEUNES GARÇONS.
KONOE ...
C'EST TOI QUI DIS ÇA ?!
hi !
TOI QUI ES GAY ET QUI RAFFOLES DE *jeunes garçons* !!
Konoe !?
QUI A BIEN PU POSER LA MAIN SUR NOTRE TOUT JEUNE KOTOHA ?

Vous ne niez pas !? Konoe !?
...
Konoe !
UNE DEMI-HEURE PLUS TARD...
KONOE NE S'ÉTAIT TOUJOURS PAS RELEVÉ......
CHICK
DONG
ah !
DOOONG
COMBIEN DE TEMPS VAS-TU ENCORE LAISSER ASARI FAIRE CE QU'IL VEUT ?

RAMÈNE-LE VITE !
C'EST À TOI DE TENIR FERMEMENT LES RÊNES DE TON KAMI !
...
SI TU VEUX DIRE QUELQUE CHOSE, ALORS DIS-LE !
おろ
HEU...
HEIN ?
CETTE AMBIANCE VA NOUS COUPER L'APPÉTIT.
!

?
ÔKA ?
RAIZÔ…
JE SUIS DÉSOLÉE, MAIS NOUS ALLONS PRENDRE LE REPAS DANS NOTRE CHAMBRE, CE SOIR.
Ah.
BIEN, JE VOUS L'APPORTERAI APRÈS DANS CE CAS.
…
MERCI, EXCUSE-NOUS.
Pfffiuh… C'est toujours pareil…

DIS...
TU DEVRAIS REFAIRE UN KAMI POUR SHÔI, AU PLUS VITE.
VRAIMENT ?
OUI.
DE TOUTE FAÇON, JE NE SERS PLUS À RIEN.
AUTANT REDEVENIR CENDRES.
ET TU REDEVIENDRAS UNE FEUILLE BLANCHE ?
KWIIIK
AH !

SHÔI...
pfff...
J'ABANDONNE !
ON NE PEUT PLUS BOIRE DE SAKÉ EN PAIX, DANS CETTE MAISON...

REDEVENIR CENDRES !? MAIS À QUOI EST-CE QUE TU PENSES, ASARI !?
TU VEUX MOURIR, C'EST ÇA !?
INUTILE DE CRIER.
VZZ
FSSSHHH
DANS UN MOMENT PAREIL !
ÇA ARRIVE !!
ASARI ?
UNE AURA MEURTRIÈRE APPROCHE.
BAISSE-TOI, SHÔI !!
C'ÉTAIT ÉVIDENT...
MAIS D'OÙ ET DE QUI !?

CLAC
ET JE N'AI RIEN VU VENIR !!
AAH... CE N'EST PAS TERMINÉ.
SI J'ENCAISSE LA SUIVANTE, JE NE TIENDRAI PAS...
CE N'EST PAS GRAVE...
POUR LA DERNIÈRE FOIS...
JE PROTÉGERAI SHÔI JUSQU'À LA MORT.

SHÔI !
SWAP
!?
SHÔ...

C'EST UN DÉSASTRE !
VIENS SUR MOI !!
!!

SHLAK

SHÔI !
NE FAIS RIEN, ÇA IRA...
TU VAS TE SALIR...
NON...
TU VAS TE BLESSER...

ÇA SUFFIT...
JE NE VEUX PLUS...
QUE TU SOUFFRES À MA PLACE...

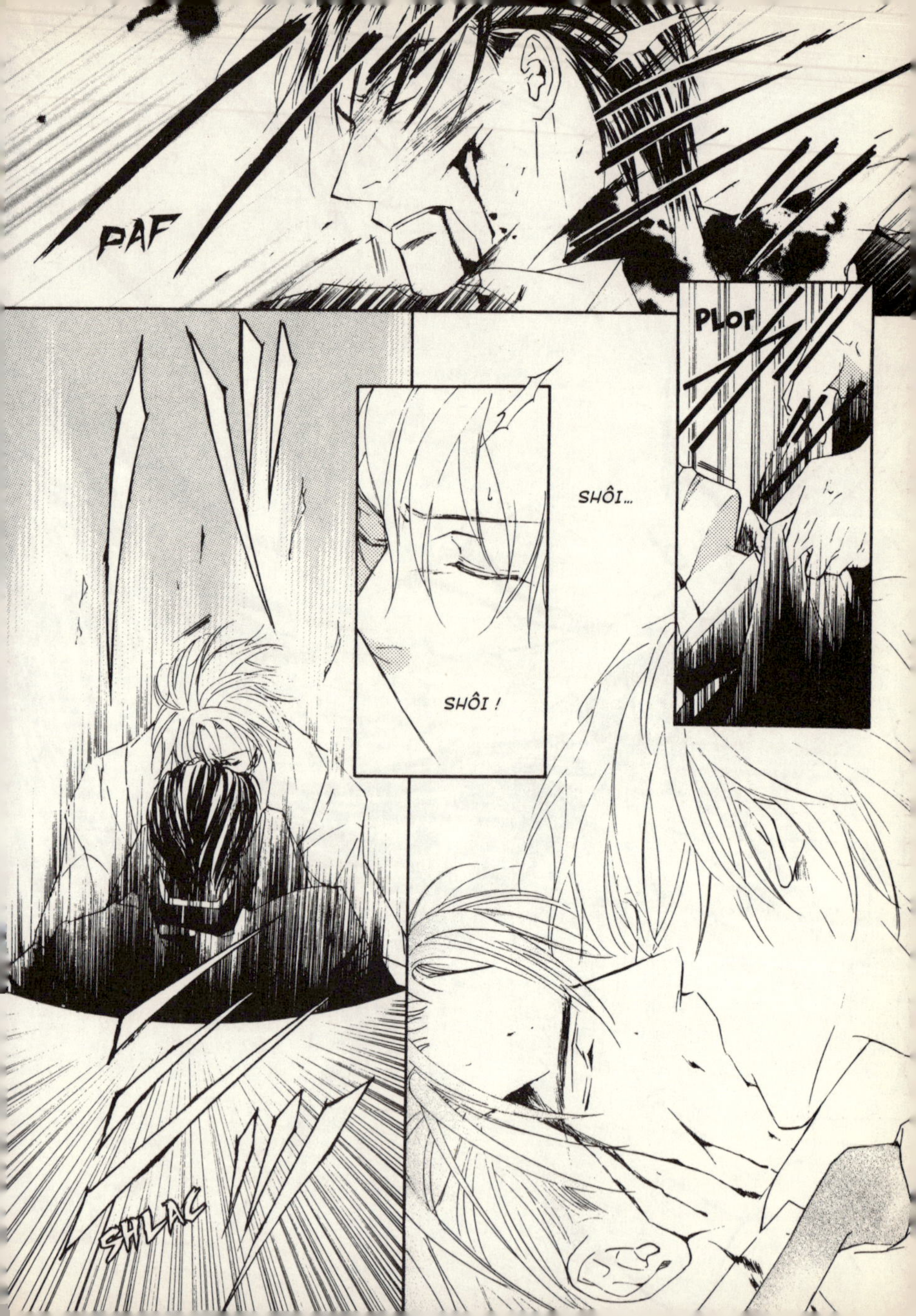
PAF
PLOF
SHÔI…
SHÔI !
SHLAC

ASARI...
ARRÊTE ...
JE NE SAIGNE PLUS...
!
...
ASA-RI...
NON.
TAIS-TOI.

SWIF
...
HA AA
HA AA
HA AA
ASARI...
GWIP
POURQUOI...
POURQUOI EST-CE QUE TU T'ACCROCHES À MOI...
SI TU NE VEUX PAS QUE JE TE GUÉRISSE !?

JE T'AIME.
JE VOULAIS QUE TU AIES...
UN NOUVEAU KAMI...
JE T'AIME.
PARCE QUE JE NE PEUX PLUS PRENDRE SOIN DE TOI COMME IL FAUT...
JE T'AIME.
JE T'AIME TELLE-MENT !
JE SUIS REVENU POUR QUE WAKI ME RÉPARE...
ÇA NE POUVAIT PLUS DURER.
ASARI...
CE N'EST PAS TA FAUTE.
TU AS TOUJOURS DONNÉ LE MEILLEUR DE TOI.
C'EST MOI QUI SUIS EN TORT.

CE FIL ME RELIERA À ASARI…
TANT QU'IL NE SERA PAS COUPÉ !
«TANT QU'IL NE SERA PAS COUPÉ !»…
AUSSI LONGTEMPS QUE TU UTILISERAS LE POUVOIR DU KOTODAMA, JE RESTERAI À TES CÔTÉS POUR TE PROTÉGER.
CES MOTS M'ONT RENDU SI HEUREUX…
J'AI TELLEMENT BLESSÉ ASARI… TELLEMENT… ET PENDANT LONGTEMPS…
MAIS C'EST TERMINÉ MAINTENANT.
ALORS…
NE DIS PLUS QUE TU VEUX REDEVENIR CENDRES !
MAINTENANT, JE VAIS TE PROTÉGER, ASARI.
NE T'ÉLOIGNE…
PLUS JAMAIS DE MOI.
RESTONS ENSEMBLE.

JE T'AIME...
SOUS TON ALLURE PUISSANTE...
IL Y A UN PETIT ENFANT.
MAIS JE...
NE TE SERAI PLUS D'AUCUNE UTILITÉ ?!
PEU IMPORTE !
JE VEUX JUSTE QUE TU RESTES À MES CÔTÉS JUSQU'À MA MORT.
ET ÇA IRA.
IDIOT...
JE T'AIME.
JE T'AIMERAI JUSQU'À CE QUE JE NE SOIS PLUS QUE DES CENDRES.
TU ES VRAIMENT ADORABLE...

...
ÇA VA...
TU PEUX BOUGER PLUS VITE.
MAIS JE SUIS DÉJÀ...
ÇA VA.
N'AIE CRAINTE...
JE NE SUIS PAS...
SI FRAGILE QUE ÇA.

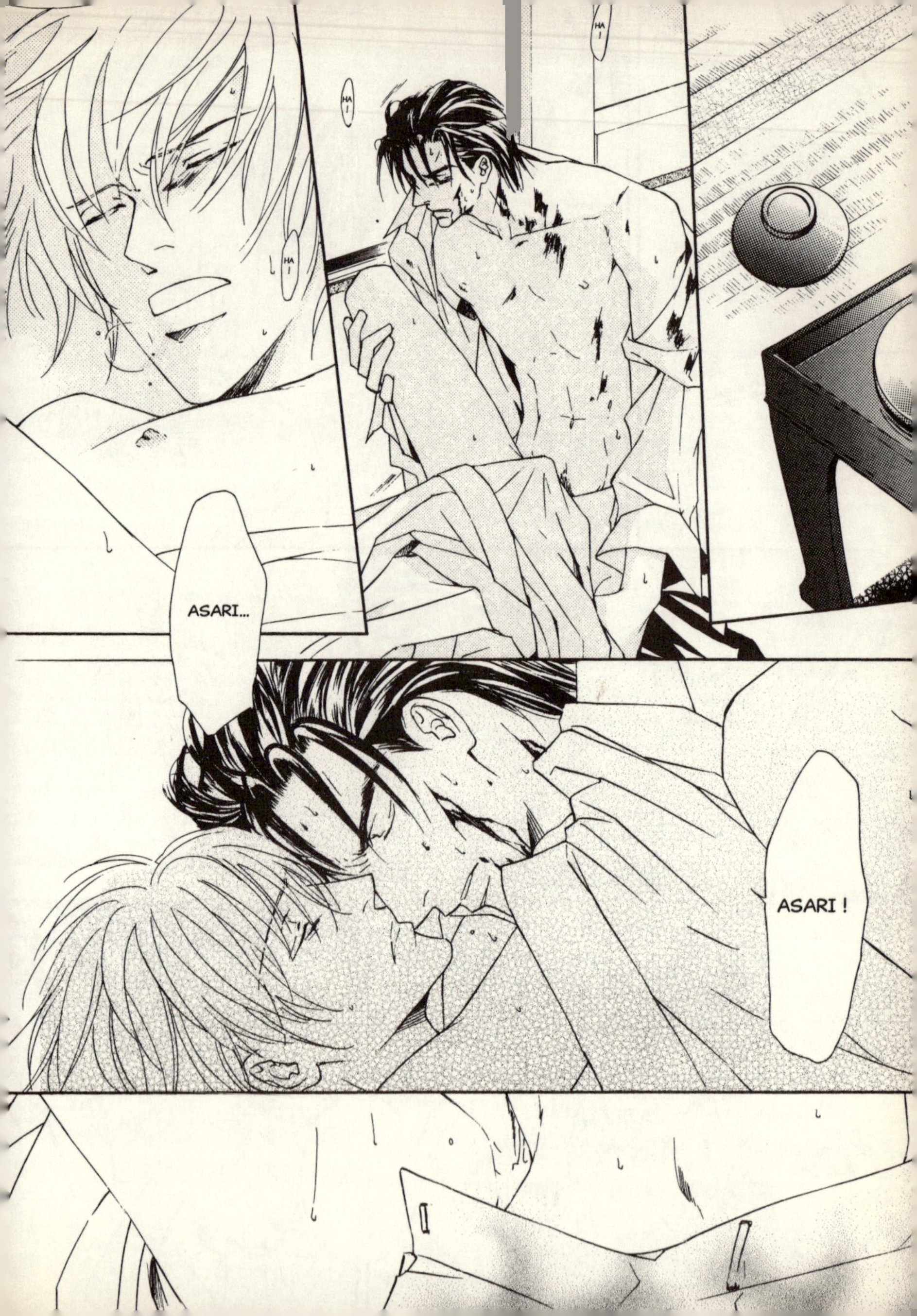
HA !
HA !
HA !
ASARI...
ASARI !

BENIO…
TU ES ENCORE VIVANTE ?
OUI …
…
LAISSE-MOI RECOURIR AU POUVOIR DU KOTODAMA.
TU N'AURAIS PAS DÛ UTILISER CE GENRE D'ARTIFICE POUR LES REMETTRE ENSEMBLE.

Mmh ?
ET BIEN...
SHÔI VOULAIT VRAIMENT RÉCUPÉRER ASARI...
S'IL N'AVAIT PAS RISQUÉ SA VIE...
IL N'AURAIT SÛREMENT PAS RETROUVÉ SON PRÉCIEUX KAMI...
Tiens, voilà des pommades pour les blessures.
...
IL A TOU-JOURS ÉTÉ COMME ÇA...
TROP GENTIL AVEC SON KAMI.
BON...
ON VA ME LAISSER BOIRE TRANQUILLE, MAINTENANT ?!
LE LENDE-MAIN...
ASARI ET SHÔI SONT REPARTIS ENSEMBLE.
IL AURAIT PEUT-ÊTRE ÉTÉ PLUS SIMPLE...
QUE TU PARLES À ASARI...
WAKI !

SALUT !
JE VIENDRAI VOUS RENDRE VISITE... ♡
...
IL NOUS TARDE DÉJÀ DE TE REVOIR !
ARRÊTE !
J'VEUX PAS LE REVOIR, MOI !!
T'AS PAS INTÉRÊT À REVENIR !!

FINALEMENT...
KONOE N'A JAMAIS PU SUPPORTER ASARI.

je prends ton sac de couchage comme cadeau d'adieu.
Asari
...
OÙ EST-CE QUE JE VAIS BIEN POUVOIR DORMIR CE SOIR ?
Ils partent faire du camping ?
Sur le canapé du salon ?
ET SI ON DORMAIT ENCORE ENSEMBLE DANS MON LIT ?

À suivre dans le volume 2.

(Bonus) J'ai besoin d'amour.

SE COUPER AVEC UNE FEUILLE DE PAPIER PROVOQUE UNE BLESSURE BÉNIGNE, MAIS DOULOUREUSE...
TU VEUX BIEN ME GUÉRIR, BENIO ?
OUI...
ÔKA...
PAR LE
CENSURÉ
STOP ! C'EST TOUT CE QU'ON PEUT MONTRER !
C'EST BEAU LA JEUNESSE.
ha ha ha
Où... où y a-t-il eu contact !?

ET ENFIN…
QU'EST-CE QUE TU AS SHÔI ?
TU T'ES BLESSÉ À LA MAIN ?
Quel maladroit..
LAISSE-MOI TE SOIGNER.
* DERBY
VIENS PLUS PRÈS.
GWIP
!?
FLOUTCH
!
LES CHEVAUX 1 ET 6 ARRIVENT ! ILS ARRIVENT !
…
LE CORPS HUMAIN PERMET DES CONTACTS DIVERS ET VARIÉS… VOILÀ CE QUE RAIZÔ A APPRIS.
j'ai besoin d'amour / fin.

POSTFACE

COOL ! LE PREMIER VOLUME EST EN VENTE ♪ YEAH !

BONJOUR ! MERCI BEAUCOUP D'AVOIR LU CE MANGA.

JE ME SUIS MISE À DESSINER ZE EN SUIVANT MON CŒUR ET MES ENVIES ET DANS L'ESPOIR QU'IL SOIT AGRÉABLE À LIRE, J'ESPÈRE QUE ÇA VOUS A PLU.

J'ATTENDS AVEC IMPATIENCE DE RECEVOIR VOS AVIS ET IMPRESSIONS.

DANS LE PROCHAIN VOLUME, VOUS VERREZ L'ÉVOLUTION DE LA RELATION ENTRE RAIZÔ ET KON, MAIS AUSSI DE NOUVEAUX PERSONNAGES ET UNE NOUVELLE INTRIGUE ! AFIN DE RÉPONDRE À TOUS VOS ESPOIRS ET ATTENTES (RIRES).

ET MÊME PLUS ENCORE !

ALORS, À BIENTÔT, DANS LE PROCHAIN VOLUME !

YUKI SHIMIZU

2004.11

«TU VEUX UN PEU DE NUDITÉ, TOI AUSSI ?»
«C'EST ÇA UN KAMI !»
«JE NE SAIS PAS COMMENT FAIRE, MON CŒUR EST MALADE»
le volume 2 de ZE !!

ALORS QU'IL NE S'EST PAS ENCORE AFFRANCHI D'UNE ANCIENNE LIAISON.
KON S'ENGAGE AUPRÈS DE RAIZÔ...
«JE VEUX JUSTE QUE TU RESTES À MES CÔTÉS, ÇA ME SUFFIT.»
«JE NE COMPREND-PAS...»
Prochainement

ATTENTION !

Cette bande-dessinée est publiée dans son sens de lecture original japonais, les bulles se lisant de droite à gauche.

Vous êtes donc ici à la FIN !

Dépôt légal à parution
ISBN 978-2-35180-431-5

Directeur de collection : Yves Huchez

Traduction : Anaïs Koechlin
Correction et adaptation : Marie Hervé

Conception graphique : Alexandre Cozette & Jef.Mod
Corrections graphiques et lettrage : Ophélia Huchez

Imprimé en France par Imprimerie Darantiere
N° d'impression : 10-1087

manga-taifu.com